河出文庫

虹いろ図書館のへびおとこ

櫻井とりお

河出書房新社

目次

虹いろ図書館のへびおとこ

Ⅰ　ようこそ　図書館へ

「へびおとこを見に行こう、ほのかちゃん」

転校したてで人気者だったあたしは、そういってかおり姫に誘われた。

全然期待しなかった。

だって、柿ノ実町の見どころは、いろんな子にいろいろ教えてもらったけど（たとえば、「絶対にねむらないねこ」とか「だれもいない音楽室で鳴るピアノ」とか、「副校長のハート形はげ」とか）、はっきりいって、どれもとってもしょぼかったからだ。

でも、この転校生特有の人気もあと数日の命だろうから、その間に友だちを作っとかなきゃまずいし。六年生の二学期の今からがんばって友だちを作らないと、来年の中学生活にまで影響するだろうし。

「へびおとこ？」

あたしがおそろしげに声をふるわせ、

「なにそれ、どういうこと？」

って聞くと、かおり姫はふふんと鼻でわらった。

本当の名前はかおりだけど、みんなからかおり姫って呼ばれている。たしかにお姫様って感じ。髪にくるくるりとすてきなウェーブがかかっているし、成績もよさそうだし、着ている服もいいやつだ。そのうえいつも自信まんまん。担任の織田先生すら、かおり姫には気をつかっているみたい。

この子となかよくなったら、まちがいない。

「見りゃわかるよ。じゃ、ランドセル置いたら、ソッコー校門前に集合ね」

かおり姫はいかにもお姫様らしく、あたしに命令した。


転校生のあたしはいかにも家来らしく、走って家に帰ってランドセルを置いて、走って校門前にたどり着いた。そしてお姫様を待った。

姫様はゆうゆうとゆっくり来て、どうどうとあたしの前を歩きだす。

九月になったばかりで、夏と変わらないくらい暑い日だった。真っ黒なかげが白くかわいた道に落ちている。せみというせみが、学校の木という木につかまって、わんわん鳴いていた。

「へびおとこって、どこにいるの？」

あたしは聞いたけど、かおり姫は別の方向を見てる。

だがし屋の前に「絶対にねむらないねこ」がねていた。ようするに、おでこに油性ペンかなんかで、ぱっちりお目々を描かれちゃったかわいそうなノラねこだ。

でも、真っ白なねこはアイスクリームボックスの上でのびのび幸せそうだった。

かおり姫も幸せそうで、ごきげんだ。後ろで手を組んで軽くスキップしたと思ったら、いきなり、ねこのおなかにチョップを浴びせた。

あたしがぽかんと口を開いているうちに、ねこは「うぴゃーっ」って、人間みたいな声を上げて飛び上がった。で、二発目が発動する前に全速力でいなくなった。

それに関するかおり姫の意見はたったひとつだった。

「うざい」

あたしはちょっと、ねこぜになった。それ以上の質問はなしで、後ろをついていくしかない。

とりあえず暑さはふきとんだ。

着いたのは図書館だった。

はっきりいって、かなりぼろい。あたしが前いた町の図書館は白くてぴかぴかだったけど、こっちのはねずみ色一色、コンクリートのつまらない建物だった。知らないで前を通ったら、絶対に入ろうとは思わないだろう。

ごろんごろんとすごい音のする自動ドアをくぐって入る。期待してたほどすずしくはない。なまぬるーい空気がかたまって、外のほうがさわやかなぐらいだ。

かおり姫はカウンターをちらりと見て、舌打ちをした。

「いない」

そのまま、階段を上がっていく。あたしはもちろん姫様についていった。

二階は子どもの本のコーナーだった。小さめのカウンターがある。席にいたきれいなおねえさんが顔を上げて、にっこりした。

「こんにちは」

おねえさんはくり色の髪をゆるい編みこみにして、ふんわりまとめている。

あたしも長くのばして、ああいう髪型にしたい。でも、あたしの髪は黒くてかたくてばさばさなので、とてもあんなふうなやさしい感じにはならない。永遠にショートカットがさだめの悲しい少女なのだ。

かおり姫は返事もせずに、きょろきょろ見回しながら奥へ進んだ。

あたしはおねえさんにヘンなおじぎをぺこっとしてから、姫様についていった。

おねえさんに見とれたせいか、もうちょっとで本棚にしがみついていたかおり姫の背中にぶつかるところだった。

「いたぜ」

かおり姫とあたしは、たてになって本棚のかげから向こうを見た。

背の高い男の人が、本棚に本をもどしていた。図書館の職員さんは、みんなエプロンをしている。その横顔に不思議なところはない。ちょっとカッコいいくらい。

「こっち向け」

かおり姫が念力をこめて、ささやいた。

「こっち向け」

あたしもいっしょに、念力をこめた。

ふたりの念力がきいたのか、男の人はくるりとこちらを向いた。

あたしはさっきのねこみたいに飛び上がり、一気にカウンターの前まですっとんで逃げた。かおり姫が追いかけてきて、聞いた。

「見た？」

「見た」

あたしはどきどきのむねをおさえた。見たものが信じられなかった。

そこでもう一度しのび足で、さきほどの観賞ポイントまでもどった。かおり姫とあたしは、もう一度、たてになって本棚のかげから向こうを見た。

左半分は全然ふつう。だけど、顔の右半分が緑色なのだ。おでこも、ほっぺも、耳も首も、それから右手の甲も緑色だ。緑といっても、深緑からエメラルドグリーンまで、いろいろ混じりあってる。細かくごつごつしていて、図鑑で見る恐竜の皮みたい。

「なるほど」

あたしはすっかり感心した。あれはもんくなく、まちがいなく、本物の「へびおとこ」だ。あんなのほかのとこじゃ、なかなか見られない。

あたしの反応に、姫はいたくご満足のようだった。

帰り道、あたしたちはなんとなくなかよしのノリで、手をつないで歩いた。

「どう思う？」

スキップっぽい軽やかな足どりで、姫は聞いた。

「こわかった」

と、あたしは答えた。

「でしょ？」

かおり姫はにっこりした。

「ちょっとマジヤバイよね、まったく、信じらんないっしょ？」

あたしはこっくりうなずいた。

「生まれつきなのかな？」

「さあ？　どうだろう」

　かおり姫は人さし指を口にあてて、考えるふうになった。くるくるりんの髪がなびいて、いいにおいがした。

「のろいかも。オヤジがへびを殺したとか」

「きゃー」

　あたしはわざと声を上げて、かおり姫はげらげらわらった。

　あたしたちはだがし屋まで帰ってきた。アイスクリームのボックスの上には、別の茶トラがねている。

　そっちへかおり姫が近づこうとしたので、あたしは思わずそのピンクのTシャツを引っぱった。

「やめなよ、かわいそうじゃん」

「なにそれ」

　かおり姫はびっくりしたようにあたしをふりむいた。みるみるうちに、すごい顔になった。かわいいと思っていたお姫様の顔が、どんどん変わって魔女みたいにふくれ上がる。

　あたしはあとずさりした。むねの奥がひやっと冷たい。お店で、高そうなグラスにぶつかって落っことしちゃったような感じ。

かおり魔女はずいぶん長い間あたしをにらみつけていたけど、つんと頭をそらせた。それから、とんでもない早歩きで先に行ってしまった。

「あ、どしたの、かおりちゃん」

あたしはさけんだけど、聞こえてないみたい。

走って追いかけたけど、とてつもなく速い。ついていけなくてとうとう見失った。ひざに手をついて、はあはあどきどき息を切らせながら、あたしは自分に「なんでもない、なんでもない」っていい聞かせた。

けど、家に帰ってずいぶんたっても、どきどきする気持ちは直らなかった。


その翌日、あたしの人気はぱたりと終わっていた。

朝、教室に入ると、おしゃべりしてたみんなが急にだまった。

ほっぺがひりひりする。あたしはどきどきしながら「おはよう」といったけど、だれも目を合わせてくれない。

イスに座ったら、おしりがぐしゃりと冷たい。

「ひ」

声を出して飛び上がった。入ってきた織田先生と入れちがいに、あたしは教室を飛び出した。ろうかに出たとたん、教室がわっとわらい声にわいた。

スカートのおしりについた白くてねばねばしたものが、木工用ボンドだとわかったからといって、事態がよくなるわけではなかった。

あたしの学校生活はとても変わった。

なんていうかその、サプライズがそこらじゅうに仕かけられてる感じだ。サプライズの種類はめっちゃ多いんだけど、こまったことに、全部あんまりおもしろくないんだよね。

朝、くつ箱の中にうわばきがなくても、うろたえてはいけない。なにかほかのものが入っていなかったことに感謝すべきだ。

来校者用の緑のスリッパをぺたぺたさせて、あたしが教室に入ると、みんながいきなり静かになるひとときだって、十回も続けばなんとかなれた。

続いて、自分の席のチェックだ。現実とはきびしい。チェックすらさせてもらえない朝もある。机とイスが消えているのだ。

そのときはろうかに放り出してあったので、うんしょ、うんしょと教室に引きもどした。

それからイスの上に、木工用ボンドとか茶色の絵の具チューブとかねんどとか、そういうねばねば系の物質が置かれてないか確認しなければならない。なければ、それでよし。あれば、除去。あたしは十日のうちに七枚のぞうきんをダメにした。

今度は机の中だ。あたしはモノをなるべく学校に置いていかない主義だけど、習字や絵の具の道具をうっかりわすれて帰ると、そういうのが机の中につっこんである。もっとキレイにつっこんでくれるとうれしいんだけど、そうはいかなくて、たいがい変わりはてたすがたで、ようするに使い物にならなくなっている。パレットやすずりは割られ、ぼく汁(じゅう)や絵の具の入れ物はつぶれ、さいほうセットの針山はわたがはみ出て、はさみがつきささっている。

それでは質問。

そういう日がまるまる二週間続いたら、あなたならどうしますか?

三タクでどうぞ。

一、先生にいう。

つげ口とかチクリとかいう前に、これだけハデにやられているのに、担任の織田先生はちっとも気がつかなかった。

わざとじゃなければ、これはすごい。

あたしが朝の会の真っ最中にイスの上のねんどをこそげていても、習字の授業中につぶれたぼく汁の入れ物にじかに筆をつっこんで書いてても、先生はなにもいわなかった。

きっと、あたしが「こんなことされたんですけど」って、先生にいったら、先生は「そうですか。では、席についいて」といいそうな気がする。

二、親にいう。

こっちに引っこしてきたのは、おとうさんの仕事が急に変わったせいだ。なんで急に変わったのかは、だれもあたしに教えてくれない。

前の家は一戸建てだったけど、これから人に貸すとかするらしい。あたしたちが引っこしてきたのはおんぼ……ちょっと古い感じの団地だ。

おとうさんは背が高くってすらっとして、スーツ姿がとってもカッコよかった。でも今度の仕事は作業着だ。ぶかぶかであんまりにあわない。倉庫で荷物の出し入れをしている。とにかくむちゃくちゃいそがしくて、疲れる仕事のようだ。よごれた作業着のまま、おとうさんは帰ってくるとくたくただ。ごはんのときにいねむりして、おでこをテーブルにぶつけることもある。そのうえ呼び出されて、夜でも昼でも休みの日でも仕事場にもどったりする。前から白髪は少しあったけど、今では別の人みたいに真っ白になっちゃった。

おかあさんはあたしが五年生のときから入院している。はじめは、すぐになおるってみんないってたのに、このごろはだれもくわしいことはいわなくなってきた。薬やなんかのせいで髪の毛もまゆ毛もなくなって、今はいつもニットキャップを深くかぶってる。あんなに元気で山やキャンプが大好きだったのに、いつもぐったりねている。おかあさんも、前のおかあさんとは別の人みたいだ。

家のことは中三のおねえちゃんと、あたしでやっている。ふたりで相談して、カレンダーの裏側に『おてつだい分担表』を書いて、かべにはった。もう引退したけど、おねえちゃんは中学のバドミントン部では部長でキャプテンだった。だから妹のあたしなんか命令して当たり前だと思ってえばってる。そんな感じだけどお料理はいくつも作れるし、あたしのスカートのボンドもとってくれる。

「まったくもう、あんたは注意力さんまん、片づけもへたっぴなんだから」

ってあきれながらも、あたしが学校でどういう感じなのかは気がついてない。早起きして家のことをカンペキに終わらせてから、毎晩おそくまでかりかり受験勉強している。えらいおねえちゃんだ。
三、だれにもなんにもいわない。

これはお手軽、便利。そのうえだれにもめいわくかけない。

あたしは三を選んだ。


ある朝、あたしはいつものようにランドセルをしょって家を出た。

だがし屋の角を曲がって、学校が見えてきたとたん、ぱたりと足が止まった。

そうだ、と急に思い出したからだ。今日の三、四時間目、プールだ。

それと、もうひとつ思い出す。

あたしの水着は、こないだびりびりに破かれた。どうしよう、あたし。見学しますって、織田先生にいわないといけないのかな。それはいやかな。プールで泳ぎたいってわけじゃなくて、またすごく目立っちゃうのが。じっとひとりのところを、みんなに見られるのはいやだ。それに先生に「どうしたんですか」って聞かれるのも、いやたぶん、あの先生はそんなことは聞かないな……。

ぐるぐる考えすぎて、目までぐるぐるしてきた。そのうえ、今までされたことがぐつぐつわいてきた。考えないようにしたり、平気でいようとしていたひどいことが、次から次へふき出してくる。

あたしはよろよろ道路のはしに行って、近くのへいに手をついて体を支えた。考えや思い出が、頭からあふれて耳や鼻のあなからどろどろ流れ出てくるみたい。

いやな考えをふりとばそうと、あたしは頭をぶるぶるふった。そのまま平気なふりで頭を上げて、学校へ向かおうとしたけど、今度は足がしびれて動かない。

なにがなんだか、わけわかんない。

でも、ひとつだけ、はっきりわかった。

もうこれ以上、この先に進むことはできない。

あたしは、ずり、ずり、とあとずさりをした。こっちの方向だと、足は簡単に動く。そのまま、くるりと回れ右でどんどん歩いた。

家にはもどれない。さっきぼろぼろで帰ってきたおとうさんが、深海生物みたいにぐっすりねているはずだから。

そこで、団地の公園に行った。

公園にはだれもいない。ブランコと、フラミンゴ形の水飲みと、丸い時計がついたとうがあるだけ。

あたしはブランコに座って、ほうっとため息をついた。さっきのぐるぐるぐつぐつはだいぶ消えていた。考えも思い出もすっかり頭の中におさまった。

丸い時計を見たら、ちょうど八時半だ。遠くで学校のチャイムが聞こえた。もう、みんな自分のイスに座って、朝の会がはじまるのを待っているだろう。

今朝は、あたしのイスに、どんなねばねば物質がのっているだろうって、ちょっと考えた。

なんでもいい。

あたしはもうそこへは行かないんだから。


「あら」

とつぜん頭の上で声がして、あたしはブランコから立ち上がった。

おかあさんらしい人たちが、入り口に四、五人かたまっている。みんな、それぞれに黄色いぼうしの小さな子を連れていた。公園の前は、ようち園バスの集合場所なのだろう。

おかあさんたちが、そろってあたしを見ている。

その中のひとりが一歩、足をふみ出す。日ごろ、おかあさん仲間のうちでは、勇気があると思われている人なんだろう。けどあたしからは、ただの「おせっかい」という称号しかあげられないな。

「あなた、学校は？」

続いて、別のおかあさんも口を開く。

「お腹でも痛いの？」

「遅刻よ、遅刻」

「忘れ物？」

全員がこっちに来ちゃいそうな勢いだ。あたしはなぜだか両うでをぐるぐる回しながら、

「えーと、友だちを待っているんですけど……え、もうそんな時間？　やっぱ、今から行きまーす！」

方向も見ないで、公園から飛び出した。ランドセルがあたしの背中で、がちゃがちゃあばれた。


太陽の光は強くなって、せみが鳴きはじめた。

まったく、いつまで夏なんだろう、と思った。アスファルトの道路にあたしのかげが真っ黒に落ちていた。かげもあたしにつきあって、ふらふら知らない町をさまよい続けていた。

ものすごーくのどがかわいた。二リットルのスポーツドリンクだって、一気飲みできるくらい。

さっきの公園のフラミンゴ形の水飲みを思い出した。思い出したって、もっとのどがかわくだけだ。

おでこやほっぺを汗が流れて、かゆくてしょうがない。こんなとき、プールの冷たい水にもぐったら気持ちいいだろうなあ。

まあ、水着もないんだし、考えたってしょうがないんだけど。

そのうえ、おしっこまでしたくなってきた。

のどがかわいてるのに、おしっこがしたいなんて、なんだか納得できない。あたしの体よ、いったい、おまえってば水分がほしいの？　いらないの？

ついに足が止まった。

道をはずれて、あたしは近くのコンクリートのかべにもたれた。かべはなまぬるかったけど、そこにはばかでかい杉の木と、つつじの植え込みがあったので、道路の真ん中よりかはずいぶんましだ。

あたしは冷たい場所を探して、コンクリートのかべをずりずりずりずり、くっついたまま移動した。大根だったら、すっかり大根おろしになってるところだ。

あれ？

かべから頭だけはなして、あたしはぐるっとまわりを見た。

なんか見覚えのある場所だ。

はっきりいって、かなりぼろい。ねずみ色一色、コンクリートのつまらない建物。

角を曲がったところに入り口があって、大きなバッグを持ったおじいさんが入っていくとこだ。ごろんごろん、とすごい音がして、自動ドアが開いた。
ああそうか、ここはこないだ来た図書館だ。
あたしの足はひとりでに動いた。おじいさんのあとについていく。

Ⅱ『ぐるんぱのようちえん』

図書館の中は、あいかわらずのなまぬるーい冷房だったけど、そのときのあたしにとっては天国のようなすずしさだった。おまけに、水飲み場もトイレもある。

あたしは生きるために必要ないくつかのことをすませて、ほっとした。ようするに、トイレに行って、顔を洗って、冷たい水をたらふく飲んだのだ。

一階のカウンターでは、この間二階にいたおねえさんが、おじいさんを受けつけている。本を返しているんだろう。おじいさんが大きなバッグから本をざらざら大量に流しだすので、そろえて機械にかけるのが大変そう。

あたしはトイレ近くの柱のかげから、こっそりカウンターをのぞいた。

「これよかったよ、うつみちゃんのおすすめ」

おじいさんが、バッグの底から最後に取り出したのはＣＤだ。

「あら、よかった」

うつみちゃん、と呼ばれたおねえさんはにっこり顔を上げたけど、またすぐにうつむく。手早く本をそろえて、ぴっ、ぴっ、と機械にかける。おてつだいもしないで、おじいさんはうれしそうにおねえさんへ話しかけた。

「ま、こういうコンテンポラリージャズの魅力って、大人にならないとぴんとこないよねえ。あんた若いのに、よくこういうの知ってるね」

「ええ、まあ、好きなんです」

おじいさんったら、おねえさんの近くに長くいたいからあんなふうに本とかCDをばらばら雑に出すのかも。だったら、美人の人生もそう楽じゃないかも。

でもやっぱり、おねえさんの髪はくり色ですてきだ。うっとり柱から出て行きそうになって、あたしはびくっと引っこんだ。

あることに、気がついたからだ。

今、ここにいるお客さんは、おじいさんとおばあさんばっかだ。あたしみたいな子どもなんてひとりもいない。

前の家の近くの図書館はこんなじゃなかった。小学生も中学生も大ぜい来てた。

それは当然。だって今は、夏休みもとっくに終わった九月の平日の午前中。ちゃんとした子どもは学校にいなくちゃいけない時間だからだ。いくらやさしそうなおねえさんだって、あたしを見つけたらきっと、さっきのおかあさんたちみたいになんかいってくるだろう。

でもなあ……またあの暑い外に出て行くのはいやだし。

どきどきしながら、あたしはカンガルーみたいにランドセルをおなかにかかえた。おねえさんが本や機械やおじいさんを見てるすきに背中を向けて、忍者みたいにすす早く静かに二階に上がった。

二階にはだれもいなかった。

かおり姫に連れてこられたこの前と同じで、ここは子どもの本のコーナーだ。小さめのカウンターにも人はいなくて、《一かいで、かしだしして　くれよな》と、きつねのキャラクターがウインクしている立て札がのっかっていた。

本棚の間にイスとテーブルがある。

今日、十何回目かのため息をついて、あたしはイスに座った。だれもいないから、あたりは静かだ。でもときどき、一階から声が聞こえてくる。そのたびにあたしはランドセルを強くだきしめた。

そういうふうにびくびくするのにも疲れて、あたしはランドセルを開いた。

図書館にいる子どもが、やっててヘンじゃないこと、なーんだ？　心の中で自分にクイズを出しながら、あたしはできるだけいそがしいふりでランドセルの中を探った。

「ああ、今日中に、あれとあれをやんなきゃ」

なんて、小さいひとりごとまでいった。教科書とノートとペンケースを引っぱりだし、ランドセルは足の下へ押しこんだ。

ここで勉強しようと思った。勉強していれば、大人はきっともんくをいわないだろう。静かに勉強している子どもが、不良やまいごのわけない。それに子どもっていうのは、自分から勉強なんて絶対にしない、と大人に思われている。

だから、勉強してさえいれば、きっと重大なわけがあると思われるはず。この子の近くには大人がいるって思われるはず。たとえば、これから親せきの家へ行く前に、おかあさんが宿題をやらせている、とか。おかあさんはきっと一階で、これから行く旅行先のガイドブックを探している、とか。

そこで、あたしは時間割と時計をチェックして、まずは、国語の教科書から読みはじめた。

あたしの読みは当たった。

そのうち、二階にも人が来るようになった。だいたいは、小さい子を連れたおかあさんたちだ。大人が近くに来ると、あたしは必死で教科書を読み、ノートにばりばり漢字を書き写した。

そのせいか、しゃべりかけてくる人はいなかった。作戦成功。

でもひとつ欠点があった。

時間がたたない。

何度も見たけど、カウンターの上のかけ時計は針が止まっているみたいだ。

大きなあくびが出た。朝からの疲れが、背中やかたにのしかかってきた。教科書なんてこれ以上読んでたら、目玉が落っこちちゃいそう。

ねむ気覚ましに、あたしは席から立ち上がった。そのへんの本棚をぐるっと見て回ることにした。

あちこちに手作りのはり紙がしてある。

なっつかしいー！

はり紙に、昔読んだ本のキャラクターたちがくっついている。ちっちゃいころはよく、おかあさんに連れられて図書館に行ったんだっけ。すっかりわすれてた。うちのおかあさんは保育園の先生だから、絵本を読むのもおはなしするのもとっても上手。夜、いっつもおねえちゃんとならんでおふとんに入って、いっぱいおはなししてもらった。

小学生になったら自分で読むだけになっちゃったけど……でも、今、おかあさんが読んでくれたら、どんなにうれしいかなあ。

ちょっと鼻水が出た。すんすん鼻をすすりながら、あたしははり紙を読んだ。それからちょっとわらった。

はり紙の注意が、ちゃんとおはなしと合ってたからだ。

ほんとはくろいぶちのあるしろいいぬだったのに、おふろがきらいでにげだして、あちこちであそんでるうちに、とうとうしろいぶちのあるくろいいぬになってしまった『どろんこハリー』が、《てを　あらおう》。

家の人間に気づかれてはこまるから「けっして音をたててはいけない」っておかあさんねずみが注意するのに、末っ子のヤカちゃんだけめちゃめちゃ声が大きくって、はらはらする『番ねずみのヤカちゃん』は、《としょかんの　なかでは　しずかに》。

おおかみのぬいぐるみをきておおあばれ、とうとう、おかあさんにゆうごはんぬきでしんしつにほうりこまれた『かいじゅうたちのいるところ』のマックスが、《ほんは　だいじに　しよう》。

黒いひげをもじゃもじゃはやし、ものすごいかぎばなで、つばのひろいぼうしをかぶり、右手にはピストルをもっておばあさんもきぜつさせる『大どろぼうホッツェンプロッツ』と、いっしょうけんめいせいだして、はやくいちばんわるいどろぼうになるよう、うんとべんきょうする『どろぼうがっこう』のかわいいせいとたちが、《よんだほんは　もとにもどしましょう》……だって。

やっぱりくすっとわらっちゃう。

『おばけのバーバパパ』と『機関車トーマス』の小さな絵本、これも読んだ、読んだ。あたしはバーバモジャとパーシーが好きだった。ここは《あかちゃんのえほん・ちいさなえほん》の棚だ。

そのとなりに、黄色いとびらがあるのに気がつく。やっぱりはり紙がしてある。大きなたまごのからでできた車に、のねずみの『ぐりとぐら』がのっている絵だ。このたまごを森で見つけて、ぐりとぐらは黄色くてふわっふわで、みんなで食べてもなくならないほどでっかいかすてらを作るんだよね。あのかすてら、めちゃめちゃ食べたかったなあ。

たまごカーには《おはなしのこべや》って書いてある。

あたしはおもちゃみたいな黄色い引き戸を開いた。

がらがら。

「うわあ」

声が出ちゃった。明るい黄色のカーペットをしいた、丸い部屋だ。そんなに広くはない。大人なら十人でぎゅうぎゅうかも。子どもだったら十五人はいけるかな。

あたしがびっくりしたのはかべだ。クリーム色のかべに、ぎっしり絵本や紙しばいがかかっている。絵本は、『ねずみくんのチョッキ』とか、『三びきのやぎのがらがらどん』とか、『きんぎょが にげた』とか、知ってるやつで絵もおんなじなんだけど、大きさがちがう。ふつうの十倍くらいか、それよりも大きい。

思わず、くつをぬいで部屋に上がった。

とびらを閉めると、あたしにぴったりな広さでなんだかうれしい。大好きな絵本に囲まれて、まるで木のほらの中に作ったひみつきちみたい。こういうひとりだけの部屋がほしかったんだ。

大きな絵本の中に、『ぐるんぱのようちえん』を見つけた。これもねる前、おかあさんに何度も読んでもらったおはなしだ。読んでもらいすぎて、すっかり覚えているはずなのに、あたしとおねえちゃんはおしまいのところへ来ると、いつもおふとんの中でぱたぱた手をたたいた。ひとりぼっちだったぞうのぐるんぱが、子どもたちと楽しくくらせるようになって、ほんとうによかった。

どっこいしょと、カーペットに特大ぐるんぱを下ろしてページをめくる。

おはなしはきっとおんなじはずだ。最後にぐるんぱは、大ぜいの子どもたちと楽しくくらすはずだ。絶対そうだ、そんなの知ってる。

けど、はじめのところの、よごれてさみしそうなぐるんぱに、どきんとしてしまう。部屋の空気は、あいかわらずなまぬるーいのに、あたしはまるで寒いみたいに自分の両うでをかかえた。

おおきなおおきなびすけっとも、おさらも、くつも、ぴあのも、すぽーつかーも、昔とちっとも変わらない。せっかく作ったのに、おおきすぎて「もう　けっこう」ってことわられるぐるんぱに、あたしもいっしょになって「しょんぼり　しょんぼり」してしまう。

本が特大のせいで、あたしは体も心も、おかあさんに絵本を読んでもらったころみたいにちっちゃくなった。夢中でページをめくる。

がらり。

とびらの開く音に、あたしのまぶたも開いた。いつの間にか、ねてたみたい。体がほかほかしている。

ぐるんぱと子どもたちが楽しく遊んでる絵を、あたしはうつぶせにだきしめていた。思わず手で口をこすったけど、よかった、よだれはたらしていない。

入り口んとこに人がいる。見上げて、あたしはびくりとした。

へびおとこだ。

戸に手をかけて、あたしを見下ろしている。

この間のは、あたしの見まちがいじゃなかった。へびおとこはやっぱり、へびおとこだった。顔の右半分が緑色。おでこも、ほっぺも、耳も首も、それから右手の甲も緑色だった。緑といっても、深緑からエメラルドグリーンまで、いろいろ混じりあってる。細かくごつごつしていて、図鑑で見る恐竜の皮みたい。

「そこで、寝ないでください」

へびおとこはつまらなそうな顔でいった。声はふつうの男の人だった。

あたしははね起きた。大急ぎで『ぐるんぱのようちえん』の大きなページを閉じたら、ばふん、と風が吹いた。

その間、男はやっぱりつまらなそうな顔であたしを見下ろしている。

あたしはまだ、ちっちゃいままなのかもしれない。

近くで見ると、男はとても背が高い。うちのおとうさんよりも高いだろう。でもやせていてエプロンをしていて、静かにつまらなそうな顔をしているので、そんなに押される感じはしない。エプロンのむねに名札をつけている。シベリアンハスキーの正面顔のイラストの横に、「イヌガミ」と書いてあった。ふうん……へびじゃなくて犬なんだ?

じっと男を見つめてたのに気がついて、あたしははっとわれに返る。とにかく、ここを片づけなくっちゃ。

男がなにかいったみたいだけど、あわてすぎてて耳に入らない。かちんこちんの手で、『ぐるんぱのようちえん』をかべにもどそうとした。でも力が入らなくて持ち上がらない。

男はくつをぬいで部屋に上がってきた。

気がつくと、ぐるんぱはふわりと、あたしの手からはなれていた。大きな絵本を軽々と持って、男はきっちりもとの場所にもどした。

あたしはぺったり座って、ぼんやりその様子をながめていた。

でも再び、はっとわれに返る。男が絵本のほうを向いているすきに、あわてて部屋から外へ飛び出した。くつ下のまんまテーブルのところまで逃げて、そっとふりむいた。男はあたしに、全然興味がないようだった。背中を向けて紙しばいを選んでいるのが、開いたとびらから見えた。

時計を見ると、お昼をすぎている。

あたしは『どろぼうがっこう』のかわいいせいとたちみたいな「ぬきあし　さしあし　しのびあし」で、《おはなしのこべや》へ近づき、くつをとりもどした。

テーブル席へもどって、ほうっと今日一番大きなため息をついた。教科書をランドセルにつめて帰りじたくをはじめる。おとうさんは、もう会社へ行っただろう。もし、かち合っても「今日は、四時間授業だったの」って、いえばすむ。

ゆっくり歩いて、お買い物してから家に帰った。

何日かたって図書館は、あたしのスケジュールに組みこまれるようになった。

毎晩あたしはしっかり明日の時間割を見て、ランドセルに教科書、ノートとドリルをつめこむ。音楽のふえや体育着だってちゃんと用意する。それから、おとうさんのお仕事シフトもチェックする。

今度の家はキッチンのほかに、部屋がふたつしかない。テレビがある部屋におとうさんがねて、あたしとおねえちゃんはいっしょにとなりの部屋だ。あたしたちの部屋のほうがちょびっと広いんだけど、引っこしのダンボール箱やおねえちゃんの学習デスクがあるから、おふとんをならべてしいたらぎゅうぎゅうだ。

かべには、カレンダー、あたしとおねえちゃんの時間割、おとうさんの仕事のシフト表、そして例の『おてつだい分担表』がならべてはってある。

おとうさんは真夜中も当番で働く。だから夜中や朝に帰ってきたり、昼や夕方までねてたりする日もある。

あたしが学校に行ってないことを知られないためには、かなりの注意と、スケジュール調整と、工夫と、確認と、チェックが必要だ。あ、確認とチェックはいっしょか……まいいや、とにかくとってもとっても、ややっこしいっていうこと。

おとうさんが朝の八時から昼の二時ごろまで家にいる日の、あたしのスケジュールはこうだ。

ランドセルをしょって家を出て、一時間ばかり町を探検する。

これが、最初のころはけっこう大変だった。あたしが学校へ出発するのは八時。図書館が開くのは九時だから、一時間、外でつぶさなきゃなんない。

八時から八時三十分まで、外には小学生がいっぱい歩いてる。そこをよけて目立たないようにするのも大変なんだけど、もっと大変なのは、学校がはじまる八時三十分からだ。ここから九時までの「魔の三十分」には苦労した。

最初のころはとにかく歩いた。公園とか河原とか。だけど人って、朝からけっこう外にいるんだよ。おまわりさんとか、こないだのようち園バスのお見送りとか、ゴミ出しとか、犬のさんぽとか、単なるさんぽとか、ウォーキングとか、あ、さんぽとウォーキングはいっしょか……とにかく、人に会わないでいるのが、こんなにむずかしいって知らなかった。

あたしはいくどもひやりとした。

公園で会ったおかあさんたちと同じに、話しかけてくる人たちはけっこういる。おまわりさんに声かけられたときなんて、心臓が飛び出すかと思った。義務教育にちゃんと行かないと、タイホされるんだろうか？　そのときは、「お医者さんに行ってから、学校に行くんです」って、ごまかしたけど。この手はそう何度も使えないだろう。

だらだら歩いてたらきっとあやしまれたり、声をかけられたりするんだって思って、それからあたしは、いかにも目的のある人っぽく早足で歩くことにした。そんな感じでさっさか歩きながら、危険そうな人を見つけるたんびに横の道へ曲がってたら、かなり深こくなまいごになっちゃったこともあった。

おかげで、このあたりのことは、ずいぶんくわしくなった。道や場所にくわしくなったのもあるけど、どのあたりにおまわりさんがいて、どのあたりにようち園バスがとまるのか、どのあたりにおせっかいな地いきの見守り隊員の人がいるのか、なんてことまですっかり頭に入った。人間はよくできている。必要だと思うことは、ちゃんと頭に入るようになっている。

「この小数点と分数の割り算の答えを五分以内に出さないと、おまわりさんにつかまる」とかだったら、苦手の算数の計算だって、めちゃめちゃ速くできるようになるはずだ。

雨の日は、よそのマンションの階段へ行ったりした。屋上近くのあたりは人も通らない。でもここは全然落ち着かない。行きどまりだから、管理人さんが来たらおしまいなんだもん。おまけに、暗くてしっけっぽくて、しんとひとりで座ってると、ものすごーくさみしくなっちゃう。あんまり、おすすめの場所じゃないです。

そのうち、広い公園の中の防災倉庫の裏側がめっちゃ使えることがわかった。屋根が大きくて雨の日も平気だし、座ったりかくれたりできる場所がいっぱいある。人はめったに来ない。地しんやこう水さえなければ、ほとんど用事のない場所だからだ。たぶん、地しんやこう水のときは、あたしが学校に行かないのを気にする人はいないだろうし。

その表側はグラウンドだ。何時に行っても、おじいさんやおばあさんたちが、カラフルなボールをぼうでたたいて旗の下の輪っかに入れる、というなぞのゲームをしている。おじいさん、おばあさんたちはゲームに夢中だからだいじょうぶ。あたしは一度も見つかったことはない。

倉庫の裏側の大きな棚みたいなところに、あたしはすっぽりおさまって、「かーん」ってボールを打つ音や、「ないしょっ」とかなぞのかけ声を聞いている。

そんなこんなでやっと九時になったら、あたしは図書館へ行く。二階に上がり、いつものテーブル席に座り、ランドセルをイスの下に押しこんで勉強する。

長い日は一時半くらいまで。それよりおそくなると、町にも図書館にも小学生が出てくるから、気をつけなくっちゃいけない。

図書館を出たら、スーパーへ行く。お買い物は、帰りの早いあたしの仕事だ。おとうさんかおねえちゃんかから、お金と買い物リストをもらってある。五キロのお米だってちゃんと買ってこられる。

当たり前だけど、給食は学校に行かないと食べられない。いっくら朝ごはんに厚切りトースト三枚食べても、家に着くころにはうえ死にしそうなくらいになる。なるべく安くておいしくておなかがいっぱいになって、買い置きしてもヘンじゃないものを多めに買う。コーンフレークとか食パンとか、ちくわとか魚肉ソーセージとかさば缶とか。買い物メモになくても、このくらいの金額なら自由に選んで買ってもいいって、おとうさんがいってくれて、ほんとにたすかってる。

家に帰って、おそい昼ごはんを食べてほっとしていると、だいたい夕方の四時ごろにおねえちゃんが帰ってくる。おとうさんも早い日は六時くらいに帰ってくるから、それから三人でいっしょに晩ごはんを作る。

平日の午前中の図書館って、毎日同じような人たちが集まってくる。

一階にいる大多数は、雑誌や新聞を読むおじいさんたち、雑誌や手芸の本を見るおばあさんたちだ。それぞれいつも座る場所がだいたい決まっている。

あとはおにいさんだかおじさんだか、正体不明な人とか。だいたい首ののびたTシャツを着て、ずーっと大人用のテーブルでかりかり勉強している。大人のくせに、そんなにたくさん勉強することってあるのかな？

二階によく来るのは、赤ちゃんや小さい子を連れてくるおかあさんたち。午前中は人も少ないので、よくすみっこでくすくすこそこそしゃべっている。聞くつもりじゃないけど、話の内容は聞こえてくる。

目立つのは、青・黄・赤色の服の三つ子の赤ちゃんをベビーカーにのせてくるおかあさんだ。ベビーカーの後ろに山積みになるくらい、毎日すごい量の絵本や紙しばいを借りていく。あたしは心の中で、三つ子に「信号ちゃん」とあだ名をつけた。信号ちゃんママは、その上に小学生とかようち園とか、まだ何人か子どもがいるみたい。見た目も大きくて、かなりのベテランって感じでたのもしい。ほかのおかあさんによく相談されている。

よく相談しているのは「すみれさん」と「ハンサムさん」だ。ふたりとも赤ちゃんを育てるのははじめてなんだって。

すみれさんはほっそりした若いおかあさんだ。いつも赤ちゃんとおそろいの、青やこんやむらさきの服を着ている。ベビーカーまでうすいむらさき色だ。色が白くて髪が茶色のさらさらで、なんだか朝礼ですぐ倒れそうなタイプ。

ハンサムさんはおとうさんだ。背が高くって服も髪もきちんとしたイケメンだ。なんでこんな感じの男の人が、平日の午前中に図書館に赤ちゃんだっこして毎日来るんだろ、ヘンなの。

それからエプロンをつけて仕事をしている図書館の人たち。男の人は、例の「イヌガミ」さんと、細っこいおじいさんのふたりだけ。ひょろひょろのおじいさんだけど、「館長」って呼ばれてるから、たぶんこの図書館の館長さんなんだろう。

女の人は最初に会った美人の「うつみさん」。ほかに、何人かおねえさんと、おばさんと、ちょっとおばあちゃんっぽい人がいる。この人たちは五人か六人いて、年もみんなちがうと思うんだけど、みんな同じような服とエプロンとメガネなので、よく顔を見ないと区別がつかない。みんなおしとやかそうなのに、信じられない量の本を軽々と持って運ぶ。

何日か通うと、レギュラーメンバーの顔はだいたい覚えてしまった。向こうもきっと、あたしのことを覚えたんじゃないかと思う。


とにかく、あたしが一番図書館を気に入ったのは、だれもあたしを相手にしないってことだ。

さっきいったみたいに、町にいるときあたしの心はずっとひやひやで、体はめっちゃへとへとだった。

でも、図書館はちがう。よく考えたら不思議だけど、あたしはだれにも話しかけられなかった。声を出すと、うるさいと注意されるからかもしれない。本ばかり読んで、ほかの人に興味がないせいかも。

もちろん、あたしだって大声でしゃべったり走ったりねころんだりすれば、図書館の人に注意される。イヌガミさんも、ほかの人もそれは同じだ。

でも、それ以外では「あなた、学校は？」なんて聞かれることはなかった。なんでだろう、ほんとにほんとに不思議だな。

でも、まあ、わけなんてどうでもいいや。だってすんごく楽ちんなんだもん。

だからあたしは、ここに通うことに決めた。

あたしが図書館に通いだして、一週間ぐらいたった。

今朝の太陽はかんかん照るけど、そんなに暑くない。窓は開いているのに、あたりはしんと静かだ。窓の向こうには、空色の折り紙をはりつけたみたいに、ぺったり青空が広がっていた。

二階の子どもの本のコーナーには、あたしのほかにだれもいない。

「ふう」

ため息ついて、あたしは一ページ目のとちゅうで、計算ドリルを閉じた。

図書館にいるときは一生けん命勉強しようと、心に決めていた。やっぱ、学校へ行ってないとばかになりそうだし、なにもしないでぼけっとしてたら、さすがにおせっかいな大人が声をかけてくるかもしれないし。

最初のころは、一日に十ページも十五ページもやった。この調子だと、六年生は今月中に終わって、中学の勉強に入ってしまう、って心配するくらい。来年にはもう大学生のドリルをやってるかも。

そんな心配はしなくてよかった。

だんだんペースは落ちていったからだ。ひとりで問題を解いて、ひとりで丸つけするのに、あきてきちゃった。ここんとこ、だいぶサボりぎみだ。

ドリルをやらないと、ほかにやることがない。時計の針って、気にしだすとちっとも動かなくなる。

あたしはエンピツを鼻の下にはさんで、天井を向いた。イスを後ろにぎこぎこ倒し、両足を浮かせた。

イスの足後ろ二本だけで立って、ぴたっと止まれるかな？　真剣にトライ。

テーブルから指がはなれる。ぴたりと体のバランスが整い、きれいにイスは二本足で立った。

「おお！」

次のしゅん間、

「わ！」

世界がぐるんと回った。

がごん、ごん、
大きな音を立てて、イスがバウンドして転がる。

「あれ?」

気がつくと、目の先に天井がある。

どうやら、あたし、転んだみたい。イスから投げ出され、床に大の字になってねていた。

エンピツがころころ転がっていく。

スカートじゃなくてよかった。頭をぶつけなくてよかった。

でも、あたしはそのままねていた。

……別に、頭ぶつけてもよかったかな。頭ぶつけて、よくわかんなくなっちゃっても、起きてばりばり勉強してても、どっちでもおんなじのような気がする。地球には、やさしくもきびしくもない。やがて、冬が来て、春が来るだろう。

だだっ広い天井を見つめた。真っ白でのっぺりして、高いのか低いのか、見れば見るほどわからなくなる。

窓から入る杉の木の葉っぱのかげが、さわさわゆれていた。

ちゅん。ちゅん。

遠くにスズメの声がする。

すっごく、静か。まぶたが重くなる……。

「そこで、寝ないでください」

あたしはねころんだまま、声のするほうへ目の玉を向けた。

イヌガミさんがさかさに立っていた。

おっと、さかさなのは、あたしのほうか。あたしはのろのろ起き上がり、倒れたイスをもどしてエンピツをひろった。

イヌガミさんにもいいかげんなれた。最初はすごいインパクトだったけど、見た目のほかは、まるでふつうなんだもん。いっつもつまんなそうな顔で本棚の間を行き来して、本をもどしたり探したり抜いたりしてる。あたしには、ちっとも興味がないらしい。声をかけてくるのは、こういうときだけだ。

イヌガミさんはつっ立ってあたしを見下ろす。水色の箱をわきにかかえていた。あたしが席に座ると、またつまらなそうな顔で、箱をカウンターへ運んでいった。首の後ろもやっぱり半分緑だ。

あたしはため息をひとつつく。それからまた計算ドリルを開こうとして、

「あれ？」

テーブルの上に、なにかあるのに気がついた。

赤い紙だ。折り紙を四分の一に切ったやつ。それが、三枚重なっていた。

あたしは首をのばして、カウンターのほうを見た。イスを後ろにかたむけて、ちょっと高くする。

さっきの箱がカウンターにのっている。中に赤い折り紙が入ってる。イヌガミさんはカウンターの席にいて、うつむいてなにかしている。

そうか。

この紙、さっきイヌガミさんの持っていた箱から落っこちたんだな。

イスを後ろに倒しすぎて、また引っくり返りそうになったので、あたしはあわててもどした。音をさせないように立ち上がって、カウンターをのぞきに行く。

イヌガミさんは本を見ながら、折り紙を折っていた。はっきりいって、とってもへたくそ。角と角をきっちり合わせないから、白いところがはみ出して、きたない仕上がりだ。

まあ、むりもないかな。たいがいの大人は、折り紙が小学生よりへたっぴだし、四分の一の紙で折るのって、ずいぶん細かいもんね。

けっこう近くでのぞいているのに、イヌガミさんは折り紙に必死で、あたしに気がつかない。

あたしは思わず、「これ知ってる」っていいそうになって口をおさえた。

折っているのは「さかな」だ。簡単なやつで、一年生のときによく折った。向こうに別のダンボール箱があって、その中に赤いさかながいくつも入ってる。

「ふう」

急に、イヌガミさんが首を上げてため息をついたので、あたしはぎくり、と体を低くした。

イヌガミさんはこきこき首をほぐし、自分のかたをもんだ。

そのすきに、あたしはそうっと席にもどった。算数の教科書をテーブルに立てる。そのかげで、こっそりさかなを三匹折った。

イヌガミさんの十倍は速くて、三十倍はすてきなできばえだ。あんまりすてきだったので、あたしは三匹に目を描いた。おまけに、長いまつ毛もつけてあげた。

あたしがそろそろ帰ろうとするころ、イヌガミさんはカウンターにいなかった。ふたつの箱はそのまま置いてある。

あたしはカウンターの上に、さっき折った三匹のさかなを置いた。

横に置かれた水色の箱の中には、赤い折り紙がぎっしり入ってる。いったい何枚あるのか見当もつかないくらい、ぎっしりだ。イヌガミさんのスピードでこれ全部折るとしたら、きっと何十年もかかるだろう。

あたりにはだれもいない。

あたしは思いっきり息をすいこんでから、止めた。箱から折り紙をひとつかみとった。折り紙をランドセルにつっこみ、走って家に帰った。


「うんしょ、うんしょ」

お買い物バッグをかかえて、暗いコンクリートの階段を上る。エレベータはない。五階建ての四階が、今度のあたしの家だ。

家で、ちょっとやっかいなことが待っていた。

もうおとうさんは会社へ行ったあとだ。家にはだれもいない。あたしは買ってきた食べ物を冷蔵庫にしまって、パンとコーヒー牛乳でお昼をすませた。

「あれ」

なんか部屋の奥が、ぴこぴこ光ってる。

るす番電話が入っていた。

あたしが最初に思いついたのは、おかあさんのことだ。

「病院からだったら……」

どきどきしながら再生ボタンを押す。あたしのどきどきは、もっと別のどきどきに変わった。

——お休みが続いていますがどうしましたか？　今日の午後お家に行きます。

織田先生の声だった。

思わず、時計を見上げる。もう一時だ。とっくに午後だよ。あたしの頭の中に、サイレンが流れだす。なんのサイレンだかはわかんないけど、とにかくキンキュージタイ！　って感じのサイレン。

家じゅうの窓とカーテンを閉め、玄関のドアにかぎをかけた。室外機が動くからきっとバレるだろう。そう思って、エアコンはつけなかった。テレビとかゲームも音がするだろう。それより一番心配なのは、先生が来る前におねえちゃんが帰ってきたらどうする？　ってことだ。

おねえちゃんはあたしとちがって転校してない。前と同じ学校へ電車で通ってるんだけど、このごろはクラブもないから、けっこう早く帰ってくるぞ。そのことについては、あたしにできることはなにもない。神様に祈るだけだ。

うす暗いむんとした空気の中で、あたしはキッチンの床にへたりこむ。ダイニングテーブルの足にしがみついて息をひそめた。

こんなことしてたら、全然時間がたたない。いったい、何時まで待てばいいの？

どきどきするむねをおさえ、何度も時計を見上げるけど、針は全然動かない。

ふっと思いついた。

床に転がっていたランドセルを引っぱってきて、中に手をつっこむ。

あった。赤い折り紙。

たばで取り出すと、手のひらがひやっとする。一枚めくって、鼻にあてた。おなじみのあまい、折り紙のにおい。

「よし」

ていねいに角をそろえて、しゅっと折り目をつけた。あたしは一生けん命、さかなを折りはじめた。

いつの間にか、どきどきはおさまっていた。


一〇六匹折ったところで、インターホンがものすごい音で鳴った。

いつもの音だったはずだけど、そのときのあたしは、頭の上にいん石が落っこちたかと思った。折り紙をつかんで、座ったまま飛び上がった。

がこ、って音がして、テーブルに頭をぶつけた。頭をさすりながら、音を立てないように最大限の努力をはらって立ち上がる。こっそりドアまで行って、のぞき穴をのぞいた。

織田先生が、くたびれたショルダーバッグをたすきがけにして立っている。

織田先生の顔って、あたしちゃんと見たことなかったかも。なんだか元気なさそうだし、とっても疲れてそうだ。

先生はきょろきょろまわりを見ていたけど、すぐにあきらめたみたい。ドアの新聞受けになにかつっこんで、いなくなった。

一秒でも早く新聞受けからしょうこを消したかったけど、あたしはがまんした。もしかしたら気が変わって、織田先生がもどってくるかもしれない。

ドアに背中をあてたまま、あたしは心の中で百数える。耳をすまして表に人の気配のないことを確認してから、もう三十プラスで数えた。それからやっと、新聞受けを探った。

うす茶色のふうとうが入っていた。「お家の方へ」って、書いてある。中には手紙が一枚あった。

「火村（ひむら）ほのかさんが休んでいるのはどうしてですか？　一回学校に来てお話ししましょう」的なことが、大人の言葉で書いてあった。

あたしは手紙を持った手をだらんと落として、大きくため息をついた。頭がくらくらする。

織田先生は本当に気がつかなかったんだ。そっちのほうがどうして？　目の前で起きていることがわからなかった先生に、今さらなにをお話しすればいいの？

ぼんやり玄関につっ立っていると、外から聞きなれたでたらめ歌が聞こえた。

あたしはドアを開けて外に出た。階段のおどり場まで下り、そこから外を見た。

うちの中学生が角を曲がってやって来る。歌いながらかさをぐるぐる回し、スキップまでしている。幸せいっぱいって感じ。

とても本人は受験生で、おかあさんは入院していて、おとうさんはなれない仕事にくたびれてて、妹が不登校のようには見えない。

あたしはふうとうと手紙を小さくたたんで、おしりのポケットにつっこんだ。

「おかえり」

外で待ちかまえて、あたしがドアを開けてあげると、おねえちゃんは「？」という顔で首をかしげた。きっと、あたしの顔がひきつっていたからだと思う。

おねえちゃんは家に上がってすぐ冷蔵庫を開いた。そのとたん、さけんだ。

「あー！　ほのか、あつあげ食べちゃったのー？」

あつあげを食べたのは、きのうだ。

「おまえ最近つまみ食いすぎ。お米といでない！　ったくもー、ふざけんなよなー、洗たくものも、ほしっぱなしー」

ずらずら続くおねえちゃんのもんくを聞きながら、あたしも家に上がった。ダイニングテーブルの下にもぐる。床にちらばった一〇六匹のさかなをかき集め、ランドセルいっぱいにつめこんだ。

もういろいろ考えすぎて、疲れちゃった。で、けっきょく、あたしは同じことをくり返すことにした。

次の朝。いつものとおり八時に家を出て、防災倉庫で時間をつぶしてから、九時になったら図書館へ行った。

二階に上がると、カウンターにはきつねの立て札と、ふたつの箱がのっていた。赤い折り紙のぎっしり入った水色の箱。あたしがとったのにちっとも減ってない。

それから、赤いさかなの入ったダンボール箱。きのうよりちょびっと増えているかな。よく見ると、あの三匹が一番上にのっていた。まつ毛のついた瞳をぱっちりさせて、あたしを見上げている。

「おはよ」

あたしは三匹にささやいた。

ぬけめなく、あたりを見回す。よし、近くに人はいない。

「おともだちだよ」

ランドセルを開いて、一〇六匹のさかなたちを、ざらざら箱にあけた。

代わりに水色の箱から、赤い折り紙をひとつかみつかんで、ランドセルに入れる。

それから、いつもと同じふつうの顔で、いつものテーブル席に座って、いつもの計算ドリルを取り出した。

二番目の問題をやっていると、カウンターの裏からイヌガミさんが出てきた。

あたしはエンピツを止めて、じっと観察する。

イヌガミさんはつまらなそうな顔でカウンターの席に座った。赤い紙をとって、さかなをやっとひとつ不器用に折り、できあがったのをダンボール箱にぽとんと落とした。また、赤い紙をとろうとして、

「ん？」

ダンボール箱の中を見直した。

そして、なんだかよくわからない、というふうにうでを組みあごをひねった。

ドリルのかげで、あたしは口をおさえるのに必死だった。イスの下で、足だけばたばた動かす。イヌガミさんが何度も箱をのぞくかっこうが、おかしくてたまらない。

それから毎日、あたしはイヌガミさんから見えないように、こっそりテーブルでさかなを折るようになった。

できあがったさかなをこっそり箱に入れて、お買い物に行ってから家に帰った。

Ⅲ　『父』

せみの声は全然聞こえなくなって、日なたを歩いても汗をかかなくなった。だって、もう十月も半分すぎた。ってことは、完全に秋だ。風はすっかりかわいてさわやかだ。でも、あたしの気分はそうさわやかじゃない。片手に地図、もう片方の手で大きな紙袋を持って、のたのた木もれ日の中を歩いている。

学校が休みの土曜日なのに、おねえちゃんに命令されて、これからおとうさんの会社へ行かなくてはならなかった。

もう、おねえちゃん、このごろだいぶえばりんぼ。それに毎日のごはん、毎回『こまったさん』の本から選ぶから、カレーライスにシチューにスパゲティ……こってりメニューすぎだっつうの、たまには、おかあさんが作るみたいなおだしのきいた卵焼きとか、おいなりさんとかが食べたいんだよ、あたしは和食派なの……でもまあ、しようがない。おねえちゃんはずっと大変だしな。

お休みの日はふつうの日より、家でやることがたくさんある。あたしもがんばっておてつだいしてるつもりだし、おとうさんも家にいるときはいろいろやるけど、おねえちゃんはその何倍も働いている。

今日はみんなのおふとんをほして、洗たく機を二回回してシーツとか大きいものも洗たくして、そのあと急いでおとうさんのお弁当作って、それからちゃんとしたそうじ。いつもの日は、あたしがそうじ機かけてるんだけど、おねえちゃんから見たらいろいろダメらしい。

それにしても……大きな紙袋を右から左へ持ちかえて、あたしはため息をつく。

袋の中には大きなお弁当箱と、作業着と、安全ぐつが入っている。

ほんとはおとうさん、今日はお休みのはずだった。でも朝早くケータイが鳴って、ふつうの服とくつで会社へすっとんで行っちゃった。そのあとおとうさんからおねえちゃんへ「悪いんだけど……」って電話がかかってきて、あたしがお届け係になったってわけ。

あたしの足はいつまでたっても、のたのた、のろのろ。それなのに、

「うわ」

もう橋が見えてきた。あそこ渡ったらすぐじゃん。

おねえちゃんにはないしょだけど、会社の場所なら地図なしで行ける。あたしの「町探検」のなわばりだから。よく行く河原の向こう側だ。

「だいじょうぶ。受付のおばさんに、名前をいってあずけるだけなんだから」っておねえちゃんは軽くいってたけど、そんな簡単なわけないじゃん。大人の会社のしくみなんて、あたし全然わかんない。

会社の受付って、どこにあるの？

行ってすぐにわかるの？

おばさんって絶対いるの？

つうか、やさしいおばさんなの？

子どもが入って怒られないの？

おとうさんの名前を、おばさんが知らなかったら？

たくさんの質問が頭の中にぐるぐるわいて、動けなくなりそうだ。

あたし、知らない大人に話しかけられないよ。ほんとなら、今日は午後からみんなでおかあさんのおみまいに行く予定だったのに……などとぐつぐつ考えている間に橋を渡って着いてしまった。

会社の門は開いている。正面に大きい建物が見える。

門をくぐってすぐのところに、別の小さい建物があって、《受付》と書かれた窓があった。

中をすかして見たけど、暗くてだれもいない。小さな机と、黒い昔の電話があるだけだ。

あたしはかなりぜつぼうした。

「おばさん、いない……」

それでも、残り少ない勇気をふりしぼって、かつん、かつん、窓ガラスをノックしてみる。中は暗くてしんとしたままだ。人が出てくる様子はない。

正面の大きい建物の、ガラスのドアも閉まっていた。ゆすったりノックしたりしたけど、応答なし。

今日はお休み……みたい。

「帰っちゃおう、かな」

思いかけて、あたしはぶるぶる頭をふった。なんちゅうこと！　おとうさんがこまってるんだって、待ってるんだって。

しかたなしにもっと奥へ入っていく。中には入れないので、建物にそって歩いた。

とちゅうで大人に会ったら、おとうさんのことを聞いてみよう。

むねがどきどきするけど、おとうさんがお昼ごはん食べられなかったら、かわいそうだし。お昼ごはんが食べられないと、ほんと、うえ死にしそうなくらいおなかがすくんだから。

　会社の奥も静かだ。どこの窓の電気もついてないし、だれにも会わない。しき地の中には、建物がいくつもある。建物と建物の間の通路には、大きなダンボール箱が積み重なっていた。それが迷路のかべみたいにあちこちに置いてある。

　箱をよけて右に左に行くうちに、あたしはＲＰＧに出てくる、ゆうれいの森をさまよう村人みたいな気分になった。

　あたしは勇者でも魔法使いでもないから、モンスターが出たらどうしようと、びびりまくる。「そうび」ときたら、むねのところでだきしめた紙袋だけだ。きょろきょろしながら歩く。まったく、あたし苦手なんだってば、こういうの。もうサプライズは学校でこりごりだっつーの。

　びびりながらしばらく細い通路を歩いているうち、急に目の前が開けた。

　ゆうれいの森は抜けたんだ。

「はあああー」

　たましいが抜けちゃうくらい、あたしは大きな息をはいた。

　トラックが何台も止まっている。その向こうに、大きなかまぼこ形の建物が見えた。開いた入り口の向こうに電気が明るくついている。あれがきっと倉庫だろう。あそこにはきっと人がいる。

もう一度、紙袋を強くだきしめる。

あたしはまだなんにも、クリアできてない。早くおとうさんを見つけなくちゃ。

「行け、ほのか、勇気を出して前へ進むんだ」

一歩ふみ出そうとしたとたん、向こうで人の声がした。

あたしは思わずトラックのかげにかくれた。

「ふざけんな」

男の人の声は怒っていた。ドラマとかじゃなくて、大人がどなる声を聞くのって、はじめての気がする。

とたんにあたしの勇気はしゅるしゅるしぼんでしまった。とっとと逃げたい。すぐ近くに、怒ってる大人がいるなんてこわすぎだ。

トラックのかげからこっそり首をのばして、声のするほうを見た。大人がふたり、倉庫の前に立っていた。

あたしは、こおったみたいに動けなくなった。

おとうさんだ。

おとうさんは「休め」のポーズで、両手を後ろで組んで立っていた。まちがいなくおとうさんなんだけど、なんだか小さく見える。しょぼくれてて、よく知らないおじいちゃんみたい。家を出たときと同じ服のはずなのに、服までしょぼくれてぼろい感じがした。

　おとうさんの前には、大きなおじさんがいた。おとうさんの三倍は大きくて強くてりっぱに見える。スーツを着て、おとうさんの前をうろうろ歩き回る。動物園のクマそっくりだ。

「申し訳ありませんでした」

　おとうさんが小さな声で答えるのを最後まで聞かないで、おじさんはまた、どなり声を張り上げた。

「きょうびこんなミス、学生のバイトもしないよ、わかってんのかな、ホント、マジで。どんだけ損害なのか考えたことある？　あんた」

「申し訳ありませんでした」

　おとうさんはやっぱり、小さな声で答えた。


　あたしは紙袋をかかえたまま、くるりと回れ右をした。

　ゆうれいの森もダンボール箱の迷路も、どう走り抜けたのか、さっぱり覚えていない。気がついたときには、家のドアの前に立っていた。

　ドアを開けると、そうじ機をかけていたおねえちゃんが、スイッチを切った。

「おう、ごくろう……」

って、いいかけたけど、あたしが紙袋をだきしめたまんまなのに気がついたらしい。ちょっと首をかしげた。

おねえちゃんに聞かれる前に、

「会社の場所がわかんなかった」

あたしはあらい息をつきながら答えた。

おねえちゃんはそうじ機のくだを床に落とした。だまってこっちにすっとんできて、あたしから紙袋を引ったくる。階段をあらあらしくかけ下り、自転車で出て行った。

たたきつけたドアの音が、しばらく家中にひびいていた。

あたしは押入れの中の、ふとんのすき間にもぐりこんで、夕方まで出なかった。

次の週になって、あたしは八時にランドセルをしょって家を出た。

いつもの場所を回ってから、いつもの時間に図書館に来た。いつものように二階のテーブル席に座って、ドリルと赤い折り紙を出した。

なんか頭がぼうっとして、全身がかったるい。

土曜日のことは、覚えていないところも多い。覚えているところは切れ切れだ。

おねえちゃんに押入れから追い出されて、それでもぼうっと座っていたこと。ごはん食べておふとんしいてねるまで、おとうさんが帰ってこなかったこと。でも朝起きたら、おとうさんがとなりの部屋でかたく目をつぶってねていたこと……。

あたしは図書館のテーブルに、ぼんやりひじをつく。赤い折り紙はたくさんとってきたけど、今日はまださかなを一匹も折っていない。ドリルでも折り紙でも、なにかをやろうとすると、頭を動かさなくっちゃいけなくて、それがとてもめんどくさいっていうか、つらいっていうか……。

「ヒマそうですね、ショウネンヒッコー君」

あたしはびくりとふりむいた。

それから、もう一度びくりとした。

最初はいきなり声をかけられたから。

二度目は、それがイヌガミさんだったからだ。

ぱたり。

イヌガミさんは、あたしの目の前にもも色の物体を置いた。

「図書館でヒマをつぶすなら、いい方法があります」

あいかわらずのつまらなそうな顔でいった。

「え?」

「本を読むことです。ショウネンヒッコー君」

少年引っこし屋？

それ、あたしのこと？

意味がまるでわかんない。第一あたしは少年じゃないし。

イヌガミさんは、テーブルの上にもも色の本と、あたしの頭の上に「？」マークを置きざりにして、行ってしまった。


「もう、あたしは勉強しなくちゃいけないのに、めんどくせー」

ほっぺをふくらませてひとりごとをいったけど、だれも聞いてなかった。

もも色の本の表紙をつるりとなでてみる。

題名が見えて、またまたびくりとしてしまう。

『父』

イヌガミさんはどうして、この本を置いていったんだろう。

気味が悪かったけど、知りたい気持ちのほうが強かった。まるで、イヌガミさんをはじめて見に行ったときみたいな気分。

あたしは本を手にとり、ぱらぱらページをめくった。いろんな作者の短いおはなしがいくつか入ってるようだ。字もそんなに小さくないし、マンガもある。

マンガから読み出した。女の子向けの、とてもかわいい絵だ。

そういえば、マンガもひさしぶりだ。毎日が大変すぎて、ほとんど買ったり読んだりしてなかった。転校してからは、貸してくれる友だちもいないし。

あたしはうきうき読みだしたけど、その作品の二ページ目をめくったとたん、本をばたんと閉じた。

学校に行かない女の子の話だった。

ぼうっとした、だるい感じはなくなっていた。代わりに血が下がったみたいに、頭がくらくらする。あたしはしばらくテーブルにひじをついて、くらくらする頭をおさえた。

くらくらが終わると、はらが立っていた。いたいくらい熱い怒りが、おなかにどんどんたまっていく。そこらにひるねをしているねこがいたなら、チョップを浴びせていたかもしれない。

で、ねこの代わりにいたのは、またしてもイヌガミだった。あたしのことなんてまるでいないみたいな（それも半分緑の！）顔で、本をかかえて階段を上がってきた。本棚を回って、本をもどしだした。

イヌガミがすぐ後ろの本棚に来たとき、

「これ、皮肉？」

あたしは思わず声を上げていた。声は怒りにふるえていた。

イヌガミはびっくりもせずにふりかえって、あたしを見下ろした。

「もう、読んだの？」

「だから、皮肉なのって、聞いてんの！」

あたしが声を張り上げると、イヌガミはよくわからない、という顔をして、もも色の本を緑色の手でひらりとめくった。

そして、ふっ、と鼻でわらったのだ。

「さてはマンガから読んだな。まあいいさ。終わりまで読めよ。名作だぜこれも」

また、本と「？」マークを置きざりにして、行ってしまった。


あたしはふうーと、長く息をはいた。

イヌガミさんがふつうの男の人みたいに、わらったりしゃべったりしたのにびっくりして、怒りはどこかへ消えていた。

両手を下げて、ずいぶん長くイスにだらしなくもたれていた。

やがて、しゃんと座りなおした。

それから、もも色の本を読みはじめた。もちろん、マンガから。

ぐすんと鼻をすすって、あたしは最後のページを閉じた。

おはなしはどれも、今まで読んだことのない感じだった。かわいそうなの、意外な終わり方なの、よくわからないのもあったし、じいんと感動するおはなしもあった。

みんなちがう作者のちがうおはなしだけど、どれにもおとうさんが出てくる。娘のおとうさん、息子のおとうさん、だいぶ前に死んじゃったおとうさん、いっしょにくらしているおとうさんも、はなればなれのおとうさんもいた。

ランドセルからハンカチを出そうとしたついでに、時計が目に入った。

二時三十分だ。

「うそ」

あたしがあたりを見わたすと、図書館の二階は宿題をする小学生や、小さい子を連れたおかあさんたちでいっぱいだ。

「え、いつの間に出現したの？」

こんな時間までいたことなかったから知らなかった。この図書館ってけっこう、はんじょうしてたんだな。

あたしは鼻をこすりながら、急いでランドセルをせおった。やばいやばい、知ってる子に会っちゃいそうでこわい。早く帰らなくちゃ。

でもその前に。

もも色の本をだきしめて、あたしはカウンターへ行った。

イヌガミさんは子どもたちに囲まれていた。いそがしそうにたくさんの絵本や紙しばいの貸出をしていた。機械で本のバーコードをこするたびに、ぴっ、ぴっ、と音がする。あいかわらず、イヌガミさんはあたしのことなんて、まるで興味がないっていうふうだ。

ぱたり。

あたしはわざと音を立てて、もも色の本をカウンターのはしっこに置いた。口をとんがらかせて、

「全部、読んだ」

って小さい声でいった。

「ん?」

イヌガミさんはやっとこっちを見たけど、あたしは顔をそむけて、そのまま階段を走って下りた。

そのまま走りに走ってスーパーへ行った。おなかがぺっこぺこだ。

家に帰ると、あたしは買ってきた野菜やお肉や卵をきちんとしまった。おそいお昼ごはんを食べてから、ていねいに部屋中にそうじ機をかけ、洗たくものをとりこんでたたんでタンスにしまった。わすれずにお米をといで六時にセットした。

おねえちゃんが帰ってくるのを待ちかまえて、あたしはあやまった。

「こないだはごめんね、あたしこれからは、ちゃんとおてつだいする」

「はあ？　まあ別にいいけど」

おねえちゃんはちょっと首をかしげた。

晩ごはんのカレーを作ってる間も、あたしは本のことを思い出していた。

「ほのか、なんかあった？」

あたしの顔をすくうみたいにのぞいて、おねえちゃんが聞いた。

「え、別になんもないよ」

そう答えて、あたしはできるだけふつうの顔でたまねぎの皮をむく。

でもほんとは、思わずにはいられない。イヌガミさんが、なんであたしのことを「ショウネンヒッコー君」って呼んだのか、すっかりわかった。

あのもも色の本の中に『フィレンツェの少年筆耕』というおはなしがあったからだ。

主人公は小学五年生の男の子、ジュリオ。イタリアのフィレンツェという町に住む、とってもよい子だ。ジュリオの家はびんぼうで、おとうさんは会社から帰っても、おうちであて名書きのアルバイトをしてて、とっても疲れてる。

筆耕というのは、こういうあて名書きみたいに、きれいな字を書く仕事のことだ。

で、ジュリオは夜中に起きて、ないしょであて名書きをして、おとうさんをたすけてあげるのだ。

　ほら、とってもよい子でしょ、だれかににてませんか？

　イヌガミさんはあたしが、こっそりさかなを折ってたのを知ってたんだ。あたしが折ったたくさんのさかなはムダじゃなかった。ジュリオのあて名書きと同じに、役に立ってたんだ。

　だからイヌガミさんは、あたしを「ショウネンヒッコー君」って呼んで、あの本を渡したんだ。

　なんだかおなかの底が、ほこほこあったかい。

　こんな気持ち、ひさしぶり。

　テーブルをふきんでふいて、スプーンをならべながら、あたしはヘンな顔してたのかも。おねえちゃんはやっぱり、ちょっと首をかしげてあたしを見てた。


　あたしたちがごはんを食べてお皿を洗って、お風呂に入って出たころ、やっとおとうさんが帰ってきた。

　よごれた作業着の、くたびれきったおとうさんを見たら、あたしのおなかのほこほこ気分はたちまち消えた。きゅうとすぼまり、すっかり冷たくなった。

　あたし、なにをよろこんでたんだ。どうかしてた。

フィレンツェのジュリオは、ねないでおとうさんのおてつだいをしたのに、あたしはお弁当すら届けられなかった。

おとうさんがカレーを食べている間、あたしはずっととなりに座って、おとうさんを見ていた。

今夜もおとうさんはスプーンを持ったままうとうとしている。髪は真っ白で、顔は黒く細くなって、前のおとうさんとは別の人みたい。まるで、玉手箱を開けちゃったうらしま太郎だ。

ジュリオのおとうさんみたいに子どもに意地悪はしないけど、仕事で疲れすぎてて、年よりに見えるところがにてる。でも、うちのおとうさんはもっとカッコよかったんだよって思ったら、あたしはとてもくやしい。

あたし、イヌガミさんじゃなくて、おとうさんの代わりができたらいいのに。でも倉庫係じゃ、小六の女子が夜中に起きだしても、なんの役にも立てない。おふとんをしいたり、お風呂上がりに背中をふんであげることぐらいしか思いつけない。そういうのは前からやってることばっかだし。

あたしは、大きくため息をついた。

いきなり、ぐいと頭を引っつかまれた。おねえちゃんが、あたしのおでこに手をあてていた。

「ちょっと、おとうさん、こないだからこの子変なの。押入れに閉じこもって泣いてたり、ひとりでにやにやしてたと思うと、急にため息ついたりして」

おとうさんははっとしたように体を起こした。かちゃん、と音がしてスプーンがお皿に落ちた。

「どうした、ほのか」

「あ、いや、だいじょぶ」

かまわず、おとうさんはあたしの両手をにぎった。

「とにかく、寝なさい」

お姫様だっこで、あたしを運んでくれた。

こんなふうにだっこされるのって、何年ぶりだろう。だっこされてる間、あたしはおとうさんのにおいのするシャツのむねに、ずっと顔をくっつけていた。

おねえちゃんがすかさずしいてくれたおふとんに、あたしはふんわり着地した。

おとうさんはあたしをおふとんでぴっちりつつむと、

「熱はなさそうだな」

おでこに手をあてた。

あたしはその手をとって、ほっぺとまくらの間にはさんだ。

「おとうさん」

「ん？」

あたしを見返したおとうさんは、前とおんなじおとうさんだった。前とおんなじにカッコいい。

気のせいか、あたしはのどがいたかった。ごくんと、つばを飲みこむ。

「あたし、おとうさんのてつだいがしたい。もっとおとうさんの役に立ちたい。なのに……こないだ、お弁当持って、いけなくて、ごめ、んなさい」

ないてるみたいに声がふるえた。

おとうさんは少しおどろいたみたいだったけど、

「そんなこと気にしてたのか。もう、じゅうぶん役に立ってるよ」

にっこりわらって、あたしの髪をくしゃくしゃかき回してくれた。

「ほのかが、おとうさんの子どもでいてくれて、すごくうれしいよ。それだけで、栄養ドリンク百本飲むよりもずっと、おとうさんは元気になる」

おとうさんは、あたしがねむるまでそばにいてくれた。

少年筆耕ジュリオとおとうさんの、ラストシーンそっくりだ。

Ⅳ『人間消失ミステリー』

次の朝。あたしがいつもの席でさかなを折っていると、
ぱたり。

もも色の本がテーブルに置かれた。

ふりむくとイヌガミさんだった。

「それ、もう読んだ」

ってあたしがいうと、イヌガミさんはちょっと意地悪そうに歯を見せた。ようち園児にいうみたいに、はっきりいった。

「よんだほんは　もとにもどしましょう」

「えー――」

ようち園児みたいにあたしはぶうたれた。

「その本、あなたが持ってきたんじゃん、どこにあるかなんて、わかんない」

あたしのもんくに、イヌガミさんは「はあ」とわざとらしいため息をついた。

「六年生にもなって、『わっかんなーい』ですか？」

あたしはむっと口をとんがらかせる。

「そんな、ばかみたいないい方してないよ」

怒りながら、はっとする。

「てか、なんで六年生ってわかったの？」

聞きながら、あたしには答えがわかった。

あたしはテーブルの上のドリルを、す早く裏返した。でも、イヌガミさんはきっと読んだはずだ。

ドリルの表紙には『本宮町柿ノ実第三小学校　6年3組　火村ほのか』ってペンの字でしっかり書いてあったから。

学校……バレちゃった？　あたしは急にどきどきしてきた。背中やおなかから、冷たい汗がふき出る。

でもイヌガミさんは、あたしにも、あたしの学校のことにも全然興味がないようだ。いつものつまんなそうな顔で、もも色の本を手にとる。

「ヒント、その一」

とん、とん、と指先で、背表紙の下側をたたいた。

「あ、そっか」

あたしは思わず声を上げる。

思い出した。図書館の本には、必ずその場所にシールがはってあるんだった。その
シールには番号とカタカナが書いてある。

わすれてたのを見破られないように、

「知ってるもん、その番号順にならんでるんでしょ」

あたしはわざとえらそうにいった。でも、たぶん見破られてる。

「おお、優秀、優秀」

イヌガミさんはにこっとした。

「でも、こいつは、六年生向けの上級問題だからな」

「は？」

首をかしげるあたしの前に、イヌガミさんは本を置いた。

「ヒント、その二」

右手でピースサインを作る。手のひらは緑じゃなくて、あたしと同じ色だ。

「そいつにはきょうだいがいる。ちゃんとお家に帰してやってよ」

「きょうだい？　え、どういう意味？」

あたしはまた声を上げたけど、イヌガミさんはくるりと背中を向けた。

「ヒントは以上。じゃあ、せいぜいがんばってー」

あたしがなんかいう前に、さっさと逃げてしまった。


あたしは座ったまま、しばらくはらを立てていた。

なに、あのいい方、失礼なやつ。人のこと、なんだと思ってんだろう。もともと図書館の本って、職員の人がもとにもどしてくれるんじゃないの？　それもたのみもしないのに、勝手に持ってきた本なのに。

ふん、と口をとんがらかせてあたしは立ち上がった。

でも、いいや。まだ朝なのに、早くもねむくなりそうだったから。学校がバレたかもって、さっきどきどきしたのがうそみたい。

番号を見くらべながら、本棚の間を歩く。

「ここだ」

同じ番号を見つけた。

「簡単、簡単」

間にぎゅうぎゅう押しこんでみたけど、うまく入らない。

「うーむ」

あたしはあごに手をやってうなった。なんかちがう。すき間がせますぎるのもそうだけど、そのほかにも、ちがうところがありそうだ。

もも色の本をとりもどして、あたしは首をひねった。

「ええっと、ヒントその二……きょうだい、だっけ？」

この子のおうちは、ここじゃない気がする。だって、どっちのおとなりも、この子とにていない。

きょうだいって、顔とか感じがにてるってことだよね？　あたしとおねえちゃんは「あら、よくにてるわねえ」って近所のおばさんにけっこういわれるし。まあ、あれはきっと同じ髪型のせいだけど……。

「あ」

やっとわかった。

ほかの本の背表紙シールは、みんな白なのに、この本のシールは黄色なのだ。ということはつまり……ちがうジャンルがあるんだろう。

きょろきょろしながら、行ったことのない棚を探した。ぐるぐる二周したあと、やっとすみっこに、黄色いかんばんがあるのに気がついた。

《ＹＡコーナー》

棚の上に黄色の厚紙で作った三角柱がのっている。そこにはこう書いてあった。

《YAとは『ヤングアダルト』の略称です。

もう子どもではないけれど、まだ大人でもない年ごろの人たちと、
そういう心を持った、すべての年代の人たちのための本棚です》

ここの本棚の本の背表紙シールは、みんな黄色だ。

「あった、あった」

あたしは思わず声を上げた。

もも色の本のきょうだいたちがきちんとならんでいる。色はみんなちがうけど、どれも同じ高さでだいたい同じ厚さ、題名の字の感じもそっくりだし、背表紙の番号も同じだ。

ちょうど一冊分のスペースがぽっかりあいている。もも色さんはそこにぴったり納まった。だれが見たってぴったり。つまり、ここがこの子のおうちだ。

あたしは満足して、「きょうだい」たちを見わたす。ほかにいろいろなテーマの本がならんでいる。『マザー』もあるし、『恐怖』に『戦争』、『ロマンティック・ストーリーズ』に『クリスマス』……。

うす緑色の、『人間消失ミステリー』っていう本をとって、ぱらぱらめくった。

これもマンガが入ってる。この絵、外国のコミックっぽくて、ちょっとエッチだなあ。でも、人が消えちゃうなんて、どんなおはなしなんだろう。

まるで、ごちそうがいっぱいならんだテーブルの前に座った気分になる。

あたしは本棚の前にしゃがんで、うす緑色の本を読みだした。


いつの間にか、あたしは床にぺったり座っていた。かたがいたい。足が冷たい。

本から顔を上げて、ふうと息をついた。

ちょうどそのとき、イヌガミさんが階段を急ぎ足で上ってきた。

また注意されるのかも、とあたしの体はかたくなる。

イヌガミさんはずんずん、あたしのところまで来た。

「なに」

あたしは、先に怒った声で聞いた。

イヌガミさんはそわそわ、背中を気にするそぶりで、

「柿三小(かきさん)の六年が、クラスで来る」

と、いった。

「え?」

あたしは飛び上がるように立ち上がった。テーブルに走って、ランドセルを取り上げた。

「もう、玄関に来てる」

階段の下からは、わいわいたくさんの子どもの声が聞こえた。

「急だったんだ、こういうときは、事前連絡があるはずなんだけど……」

イヌガミさんはいいわけするみたいにいった。

あたしはランドセルをおなかでだきしめて、ぎゅうと力をこめた。

六年生は二クラスしかないから、あたしの組かもしれない。考えるだけで、頭の血が全部なくなる気がした。

子どもらの声はわいわい、階段を上ってくる。

その中で大人の声がした。

「静かにしなさい」

そんなに大きな声じゃなかったはずだ。でもあたしは、頭をぶんなぐられたかと思った。

織田先生の声だ。

決定的だ。

六年二組だ。

「きゃははは、ここ、へびおとこいるよ」

かおり姫だ。

景色がぐるぐるしてくる。立っているのも、感じることも、どんどんわからなくなっていく。でも、ここで気絶するわけにはいかない。

あたしはがんばって、横にいるイヌガミさんを見上げた。

「あたしの、クラス」

うまく声が出せない。のどがいたく、言葉は切れ切れだ。口をぐうでおさえる。

「どうしよう」

イヌガミさんは一秒くらい考えたみたいだったけど、

「こっち」

緑色の手で、あたしのそでをつかんだ。

引っぱっていかれたのは、階段わきの細長い場所だ。車付きの本棚や、ダンボール箱やなんかがごちゃごちゃ置かれている。そういうのをかきわけたりまたいだりして、イヌガミさんはあたしを引っぱって奥へ進む。

つきあたりは、のっぺりした白いかべだ。小さく《保存書庫》って、かんばんがついている。

イヌガミさんがかべを押すと、ぎしり、と音がしてドアがあらわれた。

うすく開けたすき間に、あたしは押しこまれた。

中は真っ暗だ。

鼻につんとくるこれは……絵の具？　木工用ボンド？　インク？　ちょうど、学校の工作室みたいなにおいだ。

暗さに目がなれてきて、だんだん見えてきた。

細長いろうかみたいな部屋だ。片方にずっと鉄のかべが続いている。その反対側には窓があって、机や知らない機械が置いてあって、そこらじゅうに本や箱が積まれている。

あたしは窓わくのはしっこぎりぎりにかたをくっつける。息を止めながら、そうっと窓の外をのぞいた。

そこから、さっきまでいた子どもの本コーナーが見えた。すぐ近くは階段で、カウンターもよく見える。毎日来てるはずなのに、こんな角度からのぞくと、よく知らない場所みたい。

ぎくり、とあたしはふるえる。

階段の下からうちのクラスの子どもらが大ぜいわいて出てきた。みるみるうちに、二階は小学生でいっぱいだ。きっと大さわぎなんだろうけど、ここにいると音のないテレビを見ているみたいだ。

「少し、邪魔するよ、スタビンズ君」

あたしのすぐ後ろで、イヌガミさんがいった。

あたしは窓わくからはなれ、はじめて部屋の奥を見た。目をこらすと、暗い中にぽつんと電気スタンドがともっていた。

電気スタンドは机の上にのっていた。よくのっかっていると思う。机の上は積み重なった本が山になっていて、ほかのものをのせるすき間なんてまるでないように見えたからだ。

かさり、と紙が鳴った。

本の山の間に、男の子がいた。

男の子は体を起こして、はっきりあたしを見た。それから、ぱちり、とまばたきをした。


あたしが近づくと、男の子は目を下にもどした。

くるくるちぢれた長い前髪が、顔にかかっている。なんだろ、ちょっと外国人っぽい？　暗いせいか、白目が光るように目立つ。

あたしと同じくらいの年かな。でも、知らない顔だし、男子の年ってわかりにくいからな。

ワイシャツみたいな白いシャツを着ているので、中学生かもしれない。でもふつうの服がそんな感じの子もいるし、あたしと同じ小学校の可能性もある。

男の子は油性ペンを持って、山から本を一冊とった。本についたバーコードを、ぴゅるぴゅるとぬりつぶす。

「あ、えーと、ショウネンヒッコー君」

イヌガミさんがいったのは、たぶんあたしのことだ。

「ここで仕事を手伝ってくれる？　大丈夫、そう難しくはない。やり方は、この人がちゃんと教えてくれる、ね、スタビンズ君」

男の子に聞いたら、男の子はかすかにかたをすくめた。

スタビンズ君？　やっぱ外国人なのかな。

いやいや、そんなこと気にしてる場合じゃない。あたしはどきどきしながら、また窓の外をのぞく。クラスの子たちはもう、フロア全体にちらばっている。

どんな仕事だって、だれといっしょだって、今、外に出て行くよりひどいことなんてない。

窓からやっと顔をはなして、あたしはイヌガミさんを見た。

落ち着きのないあたしを、イヌガミさんはゆったり待っててくれる。

それで、あたしはほんの少し落ち着いて、

「はい、てつだいます」

って答えられた。

イヌガミさんはゆっくりうなずいた。

「うん、じゃあここに座って」

木のイスを持ってきて、男の子のとなりに置いた。

あたしが座ると、男の子がバーコードをぬりつぶした本を前に置いて、

「ここに、このシールをはる」

と、一枚シールをはってみせた。そのいい方はちっとも外国人ぽくない。

目の前の箱の中には、《リサイクル本》と印刷された銀色のシールがたくさん入ってる。

イヌガミさんが説明した。

「古くなったり、いらなくなったりした本を、地域の人にあげる準備だ。急ぐ仕事じゃないから、疲れるほどやるんじゃないよ。やめたいときにやめて、好きなときにここから出て行けばいい」

「はい」

あたしがうなずくと、

「じゃ、スタビンズ君、いろいろ教えてあげてね。よろしく」

イヌガミさんはドアから出て行こうとする。

「あ、あの」

あたしは声を上げた。

「ん?」

イヌガミさんはドアノブに手をかけて、こっちを見た。

あたしは、そわそわ手を合わせた。

「今、外に出ないほうがいいんじゃないですか……あの、あなたもうちのクラスの連中の前にイヌガミさんが出て行ったら、かおり姫じゃなくてもだまってはいないだろう。きっと、もっと大さわぎして、ひどいことというに決まってる。

イヌガミさんはちょっとわらった。

「仕事があるからね」

するりと、ドアから出て行った。


あたしはイスから立ち上がって、さっきの窓にくっついた。

イヌガミさんが出て行くと、子どもたちはみんな目を真ん丸に大きくして、まわりに集まってきた。かおり姫のグループはすみでこそこそわらってるし、わざとぐいぐい下から顔をのぞきこむ男子もいる。

あたしの心臓はどきどき打ちすぎて、気持ち悪くなりそう。なんでみんな、そんなに見たりわらったりするんだろう、ちょっと色がちがうだけで、ほかはみんなとおんなじなのに……。

　はじめて、イヌガミさんの顔を見てびっくりした日のことなんてまるでわすれて、あたしは窓の外を強くにらんだ。

　でも、イヌガミさんは悲しそうでもくやしそうでもない。ふだんと同じの、つまらなそうな顔でカウンターに座った。

　何人かの子がにやにやしながらついていくけど、イヌガミさんは、どの子にもまるで興味がないっていうふうだ。

　ひょろひょろのおじいさんが階段を上がってきた。館長さんだ。カウンターのまわりにいる子たちに、指をさしてなにか説明する。そこへ織田先生がやって来た。ぺこぺこ頭を下げて、館長さんとイヌガミさん相手に話しだす。

　その間に、イヌガミさんをじろじろぐいぐい見ていたやつらも、こそこそにやにやわらっていたやつらも、すっかりあきちゃったみたいだ。みんな見えなくなった。この窓からは、本棚のあるほうは見えないので、そっちへ行ったんだろう。

　でも、あたしはまだ窓にへばりついている。むねの中には、別の心配がまじってきて、そっちのほうがどんどん大きくなってくる。

　カウンターで話している大人たちから、目がはなせない。

　なにを話してるんだろう？　ここから、音は全然聞こえない。まさか織田先生、あたしがここにいるのを知ってて、図書館に来たんじゃないよね？　イヌガミさんにあたしのこと聞いてるんじゃないよね？　イヌガミさんは聞かれたら、あたしのこと教えるのかな？

やがて、織田先生と館長さんは本棚のほうへ見えなくなった。

イヌガミさんはそのままカウンターにいる。いつもと変わらない、つまらなそうな顔で座っている。先生がいるときも、今も、一度もこっちを見なかった。

「はあ」

あたしはため息をついて、両手を口にあてた。

だいじょうぶ、みたい……だ。織田先生はあたしのこと知らないし、イヌガミさんもいいつけたりしない。

そこではじめて、あたしは自分がぶるぶるふるえているのに気がついて、びっくりした。ふるえながらも、まだ窓の向こうを見つめる。もう自分がなにを心配して、なにをこわがっているのかもよくわからない。

本を選んだ子どもたちが、ぽつぽつカウンターへやって来る。イヌガミさんは子どもたちから本を受け取り、いつものとおり機械で貸出の手続きをはじめた。

「そこ置けば」

すぐ後ろの声に、あたしはぎょっとしてふりむいた。

男の子がぶすっとした顔で、わきの小さなテーブルを指さしていた。

テーブルには黒くて四角い、中学のカバンがのっている。

あたしはやっと気がついて、自分のランドセルをとなりに置いた。ずっとおなかにかかえたままなのをわすれていた。

それから、男の子のとなりのイスに座って、仕事をはじめた。


はじめはまだ手がふるえてて、ちょっと大変だった。

でも、だんだんだいじょうぶになった。

イヌガミさんのいったとおり、仕事は全然むずかしくない。男の子がぴゅるぴゅる消して、あたしがシールをはるだけ。

できあがった本がたまると、となりの黄色いプラスチックの箱にきれいにつめこむ。どうやったら、大きさのちがう本をすき間なくつめこめるか。パズルみたいでおもしろい。

こういうのあたしとくいだ。夢中になってしまう。

ぴゅるぴゅる消しながら、男の子がぼそりと聞いた。

「毎日来てるよね」

あたしは顔を上げ、あたりを見わたした。

「あたし？」

男の子はぴゅるぴゅる書く手を止めた。

「ほかにいねえじゃん」

あたしは頭をかいた。

「だって、ほかのだれかにいうみたいな、いい方だったから」

「だったらこえー」

男の子は息をはいてわらった。

その子のいうとおりだ。ほかのだれかが、この暗やみの中にいるなんて考えただけでこわい。

あたしもちょっとわらった。

「ね、あなたも毎日ここにいるの？」

あたしが聞くと、男の子はつんと上を向いた。

前髪も長いが、後ろの髪も耳をおおってかたについている。茶色がかって、くるくるうずを巻いている。色白であごが細いから、女の子みたいにも見える。

「おれは、おまえみたいに毎日じゃねえ」

「は？」

むかつくいい方。自分が人より上等だとでも思ってるみたい。

こういうときは感情的になるとみっともないって、心の中であたしはあたしにいい聞かせた。それからできるだけ論理的にいった。

「だって、あたしが毎日来てるって知ってるってことは、毎日いるってことでしょ？」

けど、男の子はあまり論理的じゃなかった。

「毎日いるってことでしょお」

かん高い声で、あたしのマネをした。

あたしはそんなばかみたいじゃない。思わず両手をぐうにして、机をたたいた。

「なにそれ！」

声を上げたとたん、ドアのあたりでがたりと音がした。

あたしと男の子は同時にドアを見た。

「あれ？」

いつもカウンターで見るおねえさん、うつみさんだ。

「増えてる」

あたしたちを指さしてわらった。まるで、教室の水そうにいるグッピーが、子どもを生んだみたいないい方だ。

うつみさんは鉄のかべについたスイッチを、ぽちんとはじいた。ぱぱっと赤い光がかべのあちこちについた。

「増えるのはいいけど、けんかしないでよ」

その赤い光をいくつか押すと、
ごごご……、
大きな音がひびいて、かべのひとつがたてに割れて動きだした。

「うわうわうわ」

あたしはびっくりして鉄のかべを見つめる。

「けんかなんかしてないっちゅうに」

男の子が口をとんがらかせる。

しばらくするとかべは止まり、うつみさんはその割れたすき間に、ひょいっと入ってしまった。

はさまれるんじゃないかと、あたしはどきどきした。イスから立って、見に行く。

かべが割れた間は、本棚だ。右にも左にもぎっしり本がつまってる。うつみさんはメモの紙を見ながら、本を探していた。

あたしはそうっと鉄のかべにさわる。でも用心して間には入らない。

「このかべになってるところ、全部本棚なんですか？」

「そうなの。こうやって、必要なとこだけ開けて使うの」

うつみさんはあたしをふりむいて、にっこりした。

「そうすると、限られたスペースでも、たくさん本が入れられるでしょ？」

「すごーい」

「けんかなんかしてないっちゅうに」

あたしの後ろで、男の子がくり返す。

「この女がインネンつけてきただけだから」

「なにそれ！」

あたしは男の子をにらみつけた。

「インネンってなに？　あたしそんなの持ってないし、くっつけないよ！」

「こら」

後ろから頭をこづかれた。

ふりむくと、イヌガミさんが立っていた。

「けんかするな」

「「けんかなんかしてないっちゅうに！」」

あたしと男の子は同時にさけんだ。

イヌガミさんはどうもわからない、という顔をしたけど、本棚の奥からうつみさんが顔を出すと、急に気をつけの姿勢になった。

「イヌガミさんでしょ。この子、連れてきたの」

うつみさんはイヌガミさんに聞いた。まるで、子犬をひろってきた子どもに、おかあさんがいうみたいだ。

イヌガミさんは両手をおなかの前で組んで、そわそわ指を動かした。

「あ、その……そのようです」

「館長にバレても、知らないんだから」

本をたくさんかかえて、うつみさんは本棚のすき間から出てきた。エプロンのネームプレートには、きれいなお花の絵がついている。

うつみさんにとてもにあってるって、あたしは思った。あたしはこういうの、一生にあわない悲しいさだめなんだけど。

イヌガミさんはあわててあとずさりした。

「あ、ぼく、運びましょうか?」

「このぐらいだいじょぶ、でも、そこのドア開けてくださる?」

「はっ」

イヌガミさんは家来みたいな返事をして、大急ぎでドアを開ける。

「ありがと」

うつみさんはお姫様ぽくわらって、ゆうがに部屋を出て行った。

イヌガミさんは窓に近づいた。うつみさんが本をかかえて階段を下りていくのを、じっと見ている。

「もう、みんな帰ったよ」

見つめたままイヌガミさんは、たぶん、あたしにいった。

窓の向こうの時計を見たら、もうすぐお昼だ。

あたしはランドセルをしょって、ドアを自分で開けて外へ出た。図書館を出て、いつものようにスーパーでお買い物してから家に帰った。

あ、イヌガミさんにお礼をいうのをわすれたなあって、家のドアを開けるときちょっと思った。


お礼はいわなくてよかったと思う。

だってイヌガミさんは次の日から、平気でいろいろあたしに仕事をいいつけるようになったんだもん。

「あそこの本、棚にもどしといて」

だとか、

「ポスター貼るから、押さえてて」

とか、

「期限切れのチラシ、回収してきて」

とか。

あたしは口をとんがらかせながら、しばらくよい子でいうことを聞いていた。

だけど、これじゃイスに座ることもできやしない。本をもどす仕事をすると、おもしろそうな本がたくさん見つかるのに、読むヒマもない。まるで、おなかがぺこぺこなのに、テーブルいっぱいのごちそうを見せつけられて、おあずけを食らったみたいな気分だ。


「保存書庫のスタビンズ君に言って、赤のシール五十枚もらってきて」

カウンターに座ったまま、イヌガミさんがまたえらそうに命令したので、ついに、あたしは口答えした。

「ねえ、これじゃ本が読めないいんですけど。図書館って、落ち着いて本を読むところなんじゃないの？」

イヌガミさんは一しゅん「？」という顔になったが、すぐにすましていった。

「家で読めば？　図書館って本も借りられんだぜ、一度に十冊も。知ってた？」

あたしは口を、ぷうととんがらかせた。

「知ってるよ、そんなのだれだって」

あたしがますます怒ると、イヌガミさんは鼻でわらった。

「魔法のカードがないとダメだけどな」

「魔法？」

「うーん、でも」

イヌガミさんはうでを組んで、あごに手をやった。

「ひょっとこは、どうだろう？　ねえ、ひょっとこでもカード作れるんでしたっけ？」

イヌガミさんはイスのまま、くるりと後ろを向いた。

ちょうどカウンターの後ろの事務室から、うつみさんが出てきたところだ。

「『ひょっとこ？』」

あたしとうつみさんが同時に聞いた。

うつみさんは口に手をあてて、くすくすわらいだす。

「なんかわかんないけど、イヌガミさんひどい」

あたしもさすがに気がついて、

「なあああにいい」

またまた怒った。

「ひょっとこって、あたしのことかー？」

うつみさんは、イヌガミさんをどかせて、カウンターの下を探った。

イヌガミさんったら、うつみさんにさわるとやけどしちゃうとでもいうふうに、ぱっとイスから立ち上がって場所をゆずった。

「ひょっとこだって、あなたみたいなかわいい女の子だって、カードはすぐに作れますのよ」

うつみさんが取り出したのは、七色のラインが入ったきれいなカードと、一枚のなんかの用紙だ。

「この紙に書いてください」

ボールペンを貸してもらって、あたしは紙に記入していく。

「火村ほのか、か。名前はきれいだな」

イヌガミさんがのぞくので、あたしは手でかくしながら書いていたけど、名前の次の項目を見て、ペンを持つ手を止めた。

住所……電話番号……。

でも、すぐにペンはさらさら動きだす。だいじょうぶ。イヌガミさんやうつみさんが、家に知らせるわけない。知らせる気があったら、こないだ織田先生に知らせたはずだ。

あたしが書いている横で、うつみさんがイヌガミさんに聞いた。

「でもなんで、ひょっとこなんて言ったの?」

「だって、しょっちゅう口とんがらかせて、ぷんすか怒ってるんだもの、この人」

「うるさい」

あたしは顔を上げて、思いっきり口をとんがらかせてやった。

うつみさんとイヌガミさんはわらった。

あたしは一度もまちがえないで、新しい住所と電話番号を書きこみ、

「はい」

うつみさんに渡した。

そうして、無事に魔法のカードを手に入れた。

「ようこそ、図書館へ」

うつみさんがきれいなもも色のひもをつけて、あたしの首にかけてくれた。おまけに、きれいな緑色の「としょかんバッグ」もくれた。

さっそくあたしはちっちゃな魔法を使った。よくばって、十冊も借りてしまったのだ。えっと、もも色さんのきょうだい本を五冊でしょ、あとふつうサイズの『ぐるんぱのようちえん』と、『どろぼうがっこう』と、その続編の『どろぼうがっこうぜんいんだつごく』と、『どろぼうがっこうだいうんどうかい』と、これもなつかしい『からすのパンやさん』。これにも続編があったんだけど、一度に借りられるのは十冊までなので、残念ながら続編はまた今度。

ランドセルをしょって、十冊入ったとしょかんバッグをかたにかけると、よろっと

体がかたむいた。

　その日は、いったん家に帰って荷物を置いてから、お買い物へ行った。


　本を借りるようになってから、数日がたった。

　あたしは図書館のおてつだいを続けていた。その日もイヌガミさんのいいつけで、返ってきた絵本をもとの棚にもどしていた。

　今日は水曜日だ、とあたしは思った。なんでわかったかというと、「これから『あかちゃんのおはなし会』をやります。お聞きになりたい方は、二階の《おはなしのこべや》へおいでください」って、館内放送があったからだ。

　あたしがはじめてひとりで図書館に来た日、『ぐるんぱ』をだきしめながらねちゃって、イヌガミさんに注意された部屋。その《おはなしのこべや》で、毎週水曜日の午前中、「あかちゃんのおはなし会」をやる。ゼロ才から三才くらいの小さい子たち相手に絵本を読んだり、手あそびをしたりする……らしい。

　実はあたし、中でなにやってるのか知らなかった。

　テーブルに座ってドリルをやってたときも、館内放送があって、赤ちゃんやそのおかあさんたちがざわざわ集まるのとか、歌やわらい声、ときどきなき声がするのは聞いていた。

でも、そのときのあたしには関係なかったから、うるさいとも、おもしろそうとも思わなかった。

絵本をきちんともどしてから顔を上げて、

「あれ？」

あたしは立ち止まった。

《おはなしのこべや》の前に、イヌガミさんがつっ立っている。

今日は朝から「もどす本がたくさんあるから」って、いそがしそうだったのに、今は手ぶらで、じっと部屋の中を見ている。あんまりいつもの、つまんなそうな顔じゃない。いつもより黒目が大きくなってて、きらきらかがやいているように見え……いやいや、そんなわけないか。

いわれた分の本は全部もとにもどしちゃったので、あたしはイヌガミさんのところへ行った。エプロンのはしっこを、つんつん引っぱって聞いた。

「ねえ、もどす本、もっとないの？」

「へ？」

ヘンな声を出して、イヌガミさんはびくりとふりむく。まるで、あたしがゆうれいで、いきなりそこにぱっと出てきたみたいだ。

「あ、そう、そうか、じゃあ見てくる」

首すじをかきながら、イヌガミさんはさっさと事務室へ入っちゃった。

どうしたんだろう……つうか、なに見てたの？

《おはなしのこべや》のとびらは開いている。あたしもこっそりのぞいてみた。

うつみさんがカーペットに座っていて、指人形をしていた。歌を歌ってる。とってもきれいな声だ。

うつみさんのひざの先には、六、七人の赤ちゃんが転がったり、座ったりしている。ちゃんと聞いて手をたたいている子もいれば、よだれをたらしながら上を向いているだけの子もいる。後ろにいるおかあさんのところまではいはいしていく子もいる。

とびらの外で見ているあたしのところまで、ミルクみたいな赤ちゃんのにおいが流れてくる。

家に赤ちゃんがいたことないのに、ちゃんと赤ちゃんのにおいってわかるの、なんでかな。なつかしく思うの、なんでかな。

そうだ、これはおかあさんのにおい。保育士のおかあさんが保育園から持ってくるにおいだ。

うつみさんが次に読みだしたのは、くまちゃんの表紙の『いない　いない　ばあ』の絵本だ。

「いない、いなーい…………」

と、ページをめくって、

「ばあっ！」

そのたびに赤ちゃんたちは見とれたり、すいつくみたいに近寄ったり、けたけたわらいだしたりする。

元気だったおかあさんも、こんなふうに赤ちゃんに読んであげてた。覚えていないけど、その赤ちゃんたちの中に、あたしやおねえちゃんもきっといた。

《おはなしのこべや》の入り口にくっついて、あたしは自分のむねに手をあてていた。きゅうっとすぼまるような、しくしくいたいような、それでいてさとう水みたいな、不思議な気持ちだったから。


「くまさん　くまさん　またこんど　さようならー」

すきとおるような声でうつみさんが歌い、手にしたぬいぐるみパペットのくまさんがかわいらしく手をふった。

「ばいばーい！」

これで、「あかちゃんのおはなし会」は、おしまい。

《おはなしのこべや》は、おかあさんたちの拍手につつまれる。

それをちょうど見てたみたいなタイミングで、イヌガミさんが事務室から出てきた。

小さな箱を持って、《おはなしのこべや》へやって来た。

「あら、イヌガミさん」

「おはよう、イヌガミさん」

「こんにちは」

　信号ちゃんママと、すみれさんやハンサムさんやなんか、常連さんが口々にあいさつする。赤ちゃんも、ほかのおかあさんたちも、だれもイヌガミさんをこわがらない。あたしと同じで、みんななれちゃったんだ。こわがるどころか、おかあさんたちは、みんなそろってにこにこした。イヌガミさんって、意外とモテるのかも。

「どうも」

　本人はあいかわらず、つまらなそうな顔だ。さっき、目がきらきらしてたふうに見えたのは、たぶんあたしの見まちがいだ。

とびらにくっついたまま、あたしが背のびしてのぞくと、イヌガミさんの持ってる小さな箱にはスタンプ台とスタンプが入ってる。

　のぞいてるあたしを、イヌガミさんは小さな黒目でちらっと見た。

「本日は、こちらの助手がスタンプを押します」

「うきゃ」

あたしはいきなりえりをつかまれ、とびらからはがされ、入り口に立たされた。大ぜいの目が一気にこっちを向いて、体がかたまる。

「あらあら、職場体験？」

　おかあさんのひとりに聞かれて、あたしはもっともっとかたまる。だって、職場体験は中学生がやるやつじゃん、「はい」っていったら、うそつきになる。

　あたしのえりをつかんだまま、イヌガミさんがテキトーな感じで答えた。

「まあ、そんなもんっす」

「かわいい助手さんね」

　質問したおかあさんは、にっこりうなずいた。

　信号ちゃんママとすみれさんが目を合わせてくすくすわらう。なにがおかしいんだろう？　あたし、どこかヘン？

「えらいなあ、とてもえらい」

　ハンサムさんにほめられて、体じゅうが熱くなる。ヘンな汗が出てくる。

「靴脱いで、上がって」

　やっとえりをはなして、イヌガミさんがあたしにスタンプの箱を渡す。

「赤ちゃんたちのカードにこれ押して。じゃ、よろしく」

　それだけいって、自分はさっさと事務室へもどっていった。

　あたしはぼう然としてつっ立ったまんまだ。

部屋の奥で、うつみさんがわらいながら手招きした。

「こっち来て来て、ほのかちゃん」

「はいい」

ヘンな声で返事して、あたしはミルクのにおいでいっぱいの《おはなしのこべや》に入った。

おかあさんたちが見てるし、赤ちゃんはいろんなとこに転がっててふんづけそうだし、めちゃめちゃきんちょうしたけど、わからないことはみんな、うつみさんが教えてくれた。

あたしはなんとか、みんなのカードにどんぐりのスタンプを押してあげられた。

おはなし会を聞いたら最後に、スタンプカードにスタンプを一個ずつ押すしくみなんだって。スタンプは毎月変わる。今月は十月だからどんぐりで、来月はきのこなんだって。

それから毎週水曜日の午前中に、スタンプを押すのはあたしの仕事にされちゃった。

V『ドリトル先生の楽しい家』

世の中のほとんどの人はきらいっていうけど、あたしにはきっとかなわない。

なにって、月曜日のことだ。

あたしは、月曜日が大、大、大、大っきらい。日曜日の夜から、何度もカレンダーとおとうさんの仕事のシフト表とを見くらべて、こっそりため息をつく。

何度見ても同じだ。

明日は月曜日で、図書館はお休み。そして、おとうさんは夜の九時からの深夜勤。

つまり、昼間はずっと家にいるっていう意味だ。

そういう日を、あたしは「さすらいの日」って呼んでる。

さすらいの日の朝、あたしはちょっといい服を選ぶ。

Tシャツじゃなくて、えりのついたブラウスを着る。ああ、今日は明け方まできりみたいな雨がふってたから、カーディガンを着ないと寒いかも。

くつ下も折り返したところに毛糸のぽんぽんがついてるかわいいの、くつもできるだけよごれてないよそゆきのやつをはく。それからポシェットをランドセルに入れておく。

これで「学校を休んでお出かけする小学生」コーデの完成だ。

おとうさんに「行ってきます」をいって、家を出る。

まっすぐいつもの防災倉庫の裏へ行って、ランドセルをかくす。あたしはもうベテランだ。ランドセルをしょったまま半日も町をうろつく、なんて初心者みたいなことはしない。

ポシェットをかたにかけて、目的のある早歩きでさっさか歩く。

お天気がよければ、河原へ行く。ここは広くて、川ぞいの遊歩道を下りたところにはあまり人がいない。そこでポシェットに入る小さな本を読んだり、川に小石を投げたり、なんにもしないでぼうっと空を見上げたりする。

でも今日みたいな天気の日は寒いし、おしりもぬれそう。

じゃあ、あのコースかな。

あたしは駅の向こうのショッピングモールへ歩いていった。ここには大きなスーパーとたくさんのお店が入ってて、見るものがたくさんある。

たまに、おせっかい……いや、親切なガードマンさんや店員さんがいるから、はらはらするんだけど、河原よりはずっと早く時間がすぎてくれる。

おとうさんやおねえちゃんといっしょに来る日曜日は大混雑だけど、平日の午前中のショッピングモールはとっても静か。

お店にいるお客さんたちも、なんとなく図書館とにてる。赤ちゃんを連れたおかあさん、おじいさんやおばあさんたちが大半だ。あとちょっぴり、なんの仕事をしているのかよくわからない若い人たち。

あたしは「そこらに親がいるんですよう」という顔で、あたりをぶらぶらしていたけど、思いついて、ペットショップへ行くことにした。

あそこには、ほっぺをなでさせてくれる、大きな白いオウムがいる。

あたしはスキップっぽい足どりではねた。別に楽しくないけど、こうやってうかれたふりをしていると、楽しい気分になるかもしれない。

お店が見えてきたところで、あたしは、ぱたりとスキップをやめた。

ペットショップの前には、子犬や子ねこのウインドウがある。その前に、見たことのある後ろ姿がへばりついていた。

「あれ……スタビンズ君？」

図書館であれから何回も会ったけど、しゃべるたんびにけんかになるから、あんまり話さなかった。あの部屋の外へ出ているところを見たことがない。トイレだっていつ行くんだかなぞだ。

あたしは、すすすす……とザリガニみたいな後ろ歩きで、そばの角っこに身をひそめた。

図書館の保存書庫にくらべたら、ここはめちゃめちゃ明るい。だから、スタビンズ君の感じはだいぶちがって見えた。

あたしより背が低いけど、カバンや服を見たらやっぱ中学生なんだ。白いシャツに黒いズボン、黒いカバンはふつうだけど、くるくるの長い髪はとても目立つ。

ウインドウの中では、しば犬とパグの子がころころ転げ回っている。

それをのぞいてるスタビンズ君、見たことないにこにこ顔だ。あの子、あんな顔できるんだ。図書館ではしじゅう、ぶすっとしているくせに。

おっかしくておっかしくて、あたしは手で口をおさえてわらうのをがまんした。

よし、今日はこのままあの子のあとをつけて、観察日記をつけてみようかな。

どんよりねずみ色の月曜日が、ほんのぽちっと明るくなった。

スタビンズ君はしばらく子犬を見ていたが、お店の中に入った。

お店の人たちは、朝のえさやりやそうじでいそがしくって、くるくるヘアの中学生が入ってきてもあんまり気にしない。

あたしは見えるところを探して、さらにすすすす、と動く。子犬や子ねこのウインドウの前まで近づいた。

スタビンズ君は、白いオウムのかごのところへ行った。

タイハクオウムのタイちゃんは売り物じゃない。このお店の人気者で、かごについている名札には《めいよ店長》って書いてある。大きくて真っ白で、実にりっぱなめいよ店長だ。

スタビンズ君が近寄ると頭のかざり羽をふわっとさか立て、ほっぺをかたむけた。「なでるがよいぞ、くるしゅうない」と、王様みたいにえばっている。あたしのときと同じだ。

スタビンズ君が指をつっこんでかいてやると、タイちゃんめいよ店長はうっとり目を閉じた。


ところが、あたしのほかにもスタビンズ君を見ている人がいた。

同じ中学の制服を着た、三人の男子だ。あたしの横を通りすぎて、ペットショップへ入っていく。

すぐにやばいと感じて、あたしはさっきの角までもどった。

だって、三人のうちのふたりは茶髪でまゆ毛がなく、もうひとりはスポーツがりにいなずまのそりこみを入れてんだもん。とてもわかりやすく、近づかないほうがいい感じだ。

あたしは角から身をのり出す。そうすると、ペットショップの中も見えるし、なんとか話し声も聞こえた。

「おう、インモー頭の富田(とみた)アレクセイ選手じゃね？」

ひとりがスタビンズ君に声をかけた。

この男子はひとつだけいいことをした。スタビンズ君の本名を、あたしに教えてくれたのだ。

でも、頭についての表現は下品だと思うし、それ以外なにもいいことは、してくれなそうだ。アレクセイっていうのが本当の名前かどうか、そのときは確定できなかったし。スタビンズっていうのが本名の可能性もあるわけだし……けっきょく、よくわかんない。

そういえば、最初見たときはスタビンズ君って、外国人の感じだったよね、わすれてたけど。

スタビンズ君こと、たぶん富田アレクセイ選手はゆっくりタイちゃんめいよ店長からはなれ、ペットショップの外へ出た。

あたしはあわてて、また角に引っこむ。

三人は富田君のかたにひじをのせたり、つっついたりしてついてくる。でも、じゃれあうほどなかよし、っていうふんいきじゃないぞ。

「おめ、学校休んでこんなところでサボっててんじゃねえよ」

「そうだ、そうだ、不良だぞ」

「お勉強はどーしたの？」

三人は口々に、富田選手を責める。

「じゃあ、あんたらはなんなんだ！」って、あたしははげしくつっこんだ……もちろん心の中で。

まあ、それをいったらあたしも……いやいやいや、ちがう、あたしはふつうの日は図書館で勉強してるもん、不良なんかじゃない、でもこの人たちは月曜日以外でも図書館へ行ってってこないし……。

あたしが心の中でいいわけしてる間に、富田君は口をぐっと閉じてあたしの前を通りすぎた。あいかわらず三人組がくっついていく。その目的がだんだんわかってくる。

「富田選手、金貸してくれよ」

「持ってんだろ？」

「ほれ、その場ではねてみ」

富田君は手ではらって、よけようとはしていた。けれど、三人にこづかれ押されて、いつの間にか人のいないイベントスペースのほうへ追いつめられた。

角や柱にかくれながら、あたしもついていく。むねがどきどき、息がはあはあしてくる。

この三人、ずいぶんなれてる。どんなに最低に見える人間にも、とくい分野はあるってことだ。いや、全然ほめてないから。

そのうち三人は勝手に、富田君のカバンを開けたり、ズボンのポケットに手をつっこんだりしはじめた。

「やめろよ」

富田君はついにうなるような声を出したけど、がっしり髪と両手をつかまれて動けない。

あたしのむねはばくばくばく、ばくはつしそうだ。息もはあはあああらくなって、頭の中が真っ白になりそうだ。

「たたた、たすけなきゃ」

考えるより早く、あたしは飛び出した。

でも、ちょっと力が入りすぎた。よそゆきのくつの裏がつやつやの床ですべる。

「わ」

あたしはバランスをくずし、転びそうになった。

「わわっ」

ふり回したうでが、なにかにあたったけど、どうにか転ばないですんだ。

ほっとして目の前を見ると、四人の中学生はぼう然とした顔で、あたしの頭のはるか上を見ている。

ふりかえって、あたしもそっちを見上げる。

「え?」

巨大な三角形が、ゆっくりこっちに倒れてくる。倒れるとちゅうで、三角形はばらばらにくだけて、
ぼこん、ぼこん、ぼこん、ぼこん、ぼこん……。

「きゃー」

「うわあ」

白いかたまりが連続して、あたしや中学生たちの頭にふってきた。

やり方は最初考えていたのとだいぶちがったけど、あたしはちゃんとスタビンズ君

をたすけた。

　不良三人組は走って逃げていったからだ。

　あたしがうでのひとふりで、あと形もなくくずした三角形の正体は、福引用の景品だ。参加賞のトイレットペーパーを、巨大ピラミッドみたいに高く高く積み上げたものだった。

　店員さんたちが大ぜいかけつけて、あたしはとにかくいろんな方向へ、

「ごめんなさい、ごめんなさい」

と、さけびながら、トイレットペーパーを回収した。

　ふと見ると、富田君も片づけている。

　店員さんのおばさんが、心配そうな顔でやって来た。

「おケガはないですか？」

「あ、はい、ごめんなさい」

「いえいえ、こちらの積み方が悪かったんです……あら？」

　おばさんは、あたしと富田君を不思議そうに見つめた。

「今日、学校はお休みなの？」

　あたしは思わず、ぴんと気をつけした。

「あ、はい、そうなんです！　じゃあ、さようなら」

ヘンな声でさけんで富田君の手をつかんだ。引っぱって、ずんずん歩き出す。引っぱって引っぱって、ずんずん歩きに歩いた。

それでもあたしは歩き続けた。

あたしたちはショッピングモールの建物を出て、駐車場の中をつっきっている。

富田君がいった。

「もう平気じゃね？」

「もう、だいじょぶだって」

富田君は声を大きくして、足をふんばった。

つないだ手がぴんと引っぱられ、あたしはしょうがなしに止まった。まるで、さんぽ中のばか犬みたいだ。

ふりかえったら、富田君ことスタビンズ君は、あたしから目をそらせた。指の先でほっぺをかいた。

「で、おまえ、なんでここにいるの？」

「はあ？」

あたしの口は、ひん曲がった。

「あたし、たすけたんだよ」

チビの中学生は横を向いたまま、せせらわらった。

「たすけた？　へ、だれをどこで？　いつ？　何時何分何秒？」

「なにそれ！」

あたしはもっと口をひん曲げた。保育園のときに描いた、節分の鬼みたいな顔になっただろう。

しっかし、どうしてあたしのまわりの男ってこう、みんながみんな、目の前で起こっていることがわからないんだろう？　めんどうくさいったらありゃしない！

富田はちょっと下を見た。

つられてあたしも見た。

手をつなぎっぱなしだった。

「おまえ、おれのこと、好きなの？」

これ以上あきれる方法があったら、教えてほしい。

あたしは引きちぎるように手をはなした。勢いでつむじ風が起きて、富田はあおられて一歩よろけた。

「がががが一っ」

あたしは意味不明のおたけびを上げた。

「おい」

富田はこまった顔になって、まわりを見た。

車に買い物袋を押しこんでる奥様方や、小さい子たちが、びっくりした顔を向けている。

「がふー」

あたしは息をはいて、冷静にもどろうとした。

「じょうだんだって。今日はたすかった。貸しにしといてよ」

富田はズボンのポケットに片手をつっこんで、くるっと回った。

「じゃあな」

背中でカッコつけて、行ってしまった。

まるで、あたしをたすけてあげたかのような態度。なにそれ、さっぱり意味わかんない。

なにそれなにそれなにそれ、
なにそれなにそれなにそれ……。
五万回くらいくり返しているうちに、夜になり朝になって、あたしは図書館に来ていた。
今日も冷たい雨がふっている。二階にはあたしのほかはだれもいない。

でも、保存書庫の奥には、あいつがいるにちがいないのだ。

あたしはテーブルで赤いさかなを折りながら、やっぱり、なにそれなにそれなにそれと思いながら、ときどき「がふー」と息を抜いた。

本をいっぱいかかえて、イヌガミさんが階段を上がってきた。

あたしはがたん、とイスを鳴らして立ち上がる。

「お、はよう」

あたしが鼻息あらくやって来たのを見て、イヌガミさん、少しびびったみたい。

「なにそれ！」

あたしは口をとがらせて、質問をくりだした。

「ねえ、あの子ってどういうつもり？　毎日どこから来てんの？　なんであの部屋にずっといるの？　いつからいるの？　トイレには行かないの？　なんであーゆー態度なの？　なんでスタビンズ君って呼ぶの？　ホントは富田のくせに！」

イヌガミさんは口を半開きにして、あたしをぼんやり見ていたけど、

「ぼくには答えられない」

といって、本棚のほうへ行ってしまった。

逃がすものか。あたしはイヌガミさんの後ろについていった。

「知ってるくせに。なんで教えてくれないの？　ケチ」

イヌガミさんはしゃがんで、ぐちゃぐちゃになったのりもの絵本の棚を直しながらいった。

「図書館は利用者の秘密を守る」

つまらなそうな顔で、あたしをふりむいた。

「決まりなんだ。図書館員は、ここに誰がいつ来ているのか、ここでどんなふうに過ごしているのか、どんな本を読んでいるのか、どんな本が好きなのか、そのほかいろいろ、見たり聞いたりしたことをほかの人に教えてはならない」

「なにそれ……」

「もし、ぼくが、」

イヌガミさんはきょろっと、黒目を動かす。

「誰かが毎日ここに来てますって、誰かに話したらどう思う？」

あたしはその場にかたまる。

この間、クラスの子たちが図書館に来たとき、イヌガミさんが織田先生にあたしのことをつげ口したら……そんなことするはずないってわかってるのに、おなかの底がすうっと冷えて、全身がふるえた。

そんなあたしを見て、イヌガミさんはこまったみたいな顔になった。でもすぐに、わざとらしく明るい感じでいった。

「でも、友だちになったら、スタビンズ君本人から教えてもらえるかもね。またリサイクル本、手伝ってくれる？」

「ちょっと、考えさせて」

できるだけ平気なふりをして、あたしはイヌガミさんからはなれた。


考えた末、あたしはリサイクル本をてつだうことにした。

もちろん、スタビンズと友だちになるためじゃなくて、イヌガミさんをてつだうためだ。

毎年十月二十七日から十一月九日は秋の読書週間で、今はそのど真ん中。リサイクルフェアもぜっさんかいさい中だから、リサイクル本をどんどん作らないとすぐに足りなくなっちゃう。


あたしは音をさせないように、保存書庫に入った。

奥に、ぽつんとスタンドの光がともっている。ぬき足さし足しのび足で近づく。

富田は机につっぷしてねていた。小さな本がひじの下からのぞいている。

おじぎするみたいに首を下げて、あたしは本の背表紙をのぞいた。『ドリトル先生の楽しい家』って題名だった。

ドリトル先生って読んだことはないけど、なんとなく知ってる。たしか、動物の言葉が話せる、お医者さんのおはなしだったっけ。本棚にずらっと、シリーズがならんでいる。

あたしは音をさせないように富田のとなりに座り、本の山から一冊ずつとって、シールをはりだした。

そのうち夢中になってどんどん仕事をした。

となりで、ぴゅるぴゅると音がした。

ちらっと見ると、富田がねむそうな顔で油性ペンをにぎっていた。ドリトル先生はほかの本とまじらないように、ひじの下にしいてある。

あたしはシールをはりながら聞いた。

「それ、読んでるの？」

「あ？」

富田は手にした油性ペンを見て、それからひじの下の『ドリトル先生の楽しい家』を見た。

「おもしろい？」

「うん、まあまあ。でもこれで終わりなんだよな」

「全部読んだってこと？」

あたしは立ち上がって、ひょいと『ドリトル先生』を手にとった。ぱらぱらめくる。ときどき、細い線で描かれた絵が入っていて、小学生でも読めそうだ。

「うん、半年かかったけど」

スタビンズはあたしの手から本を取り返した。指がかすかにふれた。

一しゅん、あったかい。

「ごほん、ごほん、ごほん、」

あたしはわざとせきをしながら、イスを鳴らして座った。別にむねがどきどきしたわけじゃない。

スタビンズは別になにも感じなかったみたい。ふつうに本をめくり、後ろのページを見せた。きょうだい本、いや、シリーズの題名が書かれている。『ドリトル先生アフリカゆき』から『ドリトル先生の楽しい家』まで、数えたら十三冊もある。

「本なんて、ろくに読んだことなかったし、最初はとても全部読みきれないって思ったよ。紹介したイヌガミも、きっとそう思ったんだろうね。だっておれ、終わらない長い話がいいって、リクエストしたんだから」

富田はじっとシリーズの題名を見ている。

「でもいつかは終わっちゃうんだよな」

その横顔はちょっとさびしそうだ。

それ、あたしにも、なんとなくわかる気がする……なんて思ったらおなかがヘンな感じ。まぶたをぱちぱちして、目をそらせた。

「甘いね、スタビンズ君」

ドアから、イヌガミさんが入ってきた。

「図書館をなめてもらっちゃ困る」

リサイクル本でいっぱいになった黄色い箱をとりに来たようだ。

「本はまだまだあるぞ。終わったなら、新しいシリーズにうつればいい。『ツバメ号とアマゾン号』でもいいし、『指輪物語』、『赤毛のアン』だってなかなか長い。それが終わったら、一階の本に挑戦するといい。『カラマーゾフの兄弟』、『チボー家の人々』に『失われた時を求めて』、『三国志演義』、『大菩薩峠（だいぼさつとうげ）』、『徳川家康』。どうだ、生きてる間は読み放題だ」

スタビンズ君は本を閉じて、ちょっとわらった。

「そういう意味じゃないんだよ、イヌガミさん」

そうだよ、そういう意味じゃないってあたしも思った。

でもはっきり説明はできない。

「……うーんとね」

うなっているところをみると、スタビンズ君本人にもはっきりしないようだ。

「おれがいいたいのはね……うーん、でも、やっぱりみんな終わるってことだよ」

イヌガミさんは黄色い箱をうんしょと、持ち上げた。

「『大菩薩峠』は未完なんだけどなあ……あ、ほのかさん、ドアを開けてくださいますか？」

ひょっとことか呼んだら、絶対開けてやらないとこだったけど、ていねいにお願いされたのでしょうがない。そういうところは、あたしけっこう義理がたいのだ。

立ち上がってドアを開けてあげた。親切というよりも、外の本棚へ出て行って『ドリトル先生アフリカゆき』を見たかっただけだけど。

あたし、もも色の『父』のきょうだい本はだいたい全部読んじゃった。あれは短いおはなしがたくさん入ってた。でも、字の本で一冊まるまるひとつのおはなしっていうのは、ほとんど読んだことがない。

スタビンズ君の話を聞いたら、なんだかあたしも、長いおはなしにちょうせんしてみたくなってきた。『ドリトル先生の楽しい家』までたどり着けるかな。

終わるかどうか、ためしてみよう。

富田と、友だちになったわけではない。

でも、この部屋で仕事をしたら、質問の答えはだいたいわかった。

部屋の奥には、職員専用のトイレがあり、さらにその奥に職員専用の出入り口があった。

あたしも使わせてもらったけど、そこから出ると階段があって、直接外へ下りられるようになっている。ひきょうにも、あの子はそこから出入りしていたのだ。

それから、『ドリトル先生アフリカゆき』の後ろに、ドリトル先生シリーズがどういうおはなしなのか、いろいろおもしろく書いてあった。

名前のひみつは、それでわかった。ドリトル先生シリーズでは、助手のトミー・スタビンズ君が大かつやくするのだ。

富田だから、トミー。

あたしの「ショウネンヒッコー君」や「ひょっとこ」とかもそうだけど、イヌガミさんのあだ名のつけ方のセンスっておかしくない？

でも。

……へびおとこって（心の中でだけだけど）呼んでたあたしのほうが、その五万倍は頭悪かった。

イヌガミさんはあたしのことを、ちゃんと「ほのかさん」と呼ぶようになったから、あたしも用があるときは「イヌガミさん」て呼ぶようになった。

でも富田のことは、スタビンズって呼びすてにしようと、心にかたく決めた。スタビンズはあたしのことを、「おい」とか「ちょっと」とか、ようするにちゃんと呼ばない。そういうところ、ホントむかつく。おまえは昔のオヤジかっちゅうの。

それでもあたしはヒマなので、保存書庫の中でスタビンズと話すようになった。

ここでなら、多少は大きな声で話したって注意されない。話すのは、くだらない話題だ。ドラマとかおわらいの話とか、あと図書館にいる人のうわさとか。

「館長はカトンボそっくり、カトンボ館長だ」

「カトンボってなに？」

スタビンズはポケットからスマホを取り出し、

「これ」

写真を出して見せた。

「なんだ、ガガンボのことか」

よく家の窓のへんにいる、蚊ににてるけど刺さない虫だ。細くってふらふらしてて、すんごくよわよわのやつ。

そういえば館長さん、さっきも本の箱を持ったとたん、「こ、こしが」とかいいながらふらふらして、けっきょく、ほかのおねえさんに運んでもらってた。

「まあ、おれが名付けたんだけどね。ガガンボより、カトンボっつうほうがもっと細くて弱そうじゃん」

「ほんとだ」

あたしは感心した。もう館長さんはカトンボ館長としか思えない。

スタビンズはにやっとして、スマホをしまった。

「『ガガ』がついたら、ほんとは強いはずなの。怪獣の名前なんてだいたいガギグゲゴとか、点々がついてるじゃん。『ゴジラ』が『こしら』だったら弱そうだべ？　上品な和菓子かっつうの」

あたしがわらうので、スタビンズはとくいそうに続ける。

「あとさ、イヌガミだけど。あいつ、だれよりも仕事にくわしくて館長にも強いのに、うつみさんにはよっわよわだよな」

「あっ、そうそう！」

あたしは、ぱちんと手をたたいた。

あたしたちにだって、バレバレなのだ。だれかさんは、きっとだれかさんのことが、好き、ってこと。

「っていうことは、つまりこの図書館の王者は、うつみさんってことになるな。あれ？　でも、う・つ・み・さ・ん」

スタビンズは指で宙に字を書いてから、ぽかんとした顔であたしを見た。

「……一個も点々がついてないや」

スタビンズは性格と態度はともかく、話はおもしろくて上手だ。毎日、あたしはおなかがいたくなるほど、わらわされる。

わらっちゃってから、ちょっと思う。

学校で、スタビンズはどうしてたんだろう……思いかけて、やめた。

それを想像するっていうことは、あたしが学校にいたころを想像されるのと同じだから。

あたしたちは、きっと一番話したり聞いたりしたいことを、話したり聞いたりしなかった。

つまり、あたしやスタビンズ自身のこと。

前になにがあったのか。

なんで今ここにいるのか。

これから先どうするのか。

……そんなこと聞けるわけない。


「でも、うつみさんはイヌガミさんのこと、どう思ってるんだろう？」

ひとしきりわらったあと、あたしはスタビンズに聞いた。

スタビンズは、それまでのばかわらいの口をぱたりと閉じてしまった。

「うつみさんは、きっと……いい人だから」

それしかいわなかった。

ふたりともだまって、しょんぼり首をたれた。あたしは手もとのシールをいじくり、スタビンズは油性ペンのキャップを、すぽすぽはめたりはずしたりした。

「あれ?」

入ってきたイヌガミさんが首をかしげ、

「ふたりとも、どうかした?」

知ったかぶりの顔でわらった。

「ははーん、またけんかしたか。しょうがねえなあ」

あたしたちは顔を同時に上げて、さけんだ。

「「けんかなんかしてないっちゅうの!」」

イヌガミさんは目をぱちくりした。

「なぜ、ユニゾンで怒る?」

よくわからない、という顔になった。

あたしとスタビンズはそれ以上なにもいわず、うつむいて仕事をした。

理由は説明できないけど、ふたりともすっごく、イヌガミさんにはらを立てていた。

Ⅵ『身長と体重はたし算できるかな？』

十一月になった。あたしはイヌガミさんから、館内のカレンダーを全部めくってくるようにいいつけられた。

カレンダーは上等な紙だし、裏は真っ白なので、決して捨ててはいけない。あたしはなるべくきれいにはがしてきちんとそろえて、保存書庫のイヌガミさんのところへ持っていった。

そこへ、よわよわのカトンボ館長が入ってきた。

「イヌガミさん、いるー？」

指先につまんだメモを、ぱたぱた動かす。

「はい」

イヌガミさんはドアのところへ立っていく。

こういうの、よくあることだ。館長だけでなくて、ほかの職員さんもイヌガミさんのことを、すっごくたよりにしている。こまったことがあると、すぐイヌガミさんにたよる。

「この本なんだけど、定位置にないらしいんだ。探してくれる?」

「はい」

イヌガミさんはメモを受け取ると、すぐさまフロアへ出て行った。

あたしもあとについて保存書庫を出た。さっき、おもしろそうな本を見つけたんで、貸出しとこうっと。

ダンボールや車付き本棚（ブックトラックといって、たくさんの本を運ぶときに使う）のかげから、フロアに出ようとして、あたしの足はぎくりと止まった。

二階のカウンターの前に立っている、男の人が目に入ったからだ。

男の人は大きな体をイライラゆすって、カウンターの前をうろうろ歩き回る……動物園のクマそっくり。

おとうさんの会社の人だ。あの日と同じように、怒っている。

「なんで?　なんでここにいるの?」

こわくて頭がうまく働かない。あたしはしゃがんで、ブックトラックのかげにかくれた。心臓がマラソンのあとと同じくらい、どくどく鳴る。

イヌガミさんは本棚を何ヶ所か探したが、見つからなかったようだ。少し考えるふうだったけど、あたしの横を通って保存書庫へ入って、そこから一冊持って出てきた。『身長と体重はたし算できるかな？』という題名の算数の本だった。

え、そんな計算できないよね？　できるの？

「どうも、お待たせしました」

イヌガミさんは、男の人に声をかけた。

男の人はふりむくなり、ぎくりとなった。イヌガミさんの顔の緑色のところに、目がくぎ付けだ。

これもよくあることだ。はじめて見る人はたいがいこうなる。

あたしだってそうだった。

「大変申し訳ございません。所定の場所に見当たりませんでしたので、旧版を保存書庫から取ってまいりました。こちらでいかがでしょう？」

イヌガミさんは大人の人っぽく話した。それから、カウンターに入って、ぽんぽんとコンピュータのキーをたたいた。

「装丁が変更されておりますが……」

言葉のとちゅうで、男の人が怒った声を上げた。

「さっき自分でコンピュータで調べたら、二階にあるって出たんだ。どうして、新しい本が棚にない？　管理が不届きなんじゃないのか？　俺は六年生の娘にたのまれて、今日中にこの本を持って帰らなくちゃならない。娘の宿題ができなかったら、責任とってくれるのか？」

「申し訳ございません。私どもの整理の不徹底です」

イヌガミさんはキーを打つ手を止め、頭を下げた。

「ほれ見ろ」

男の人はえばってむねを張る。

なんで、ここでえばる必要があるんだろう？　あたしにはさっぱりわからない。

イヌガミさんはゆるりと顔を上げた。怒っても、悲しんでも、あわれんでもいないし、責めたりこうふんしたり、いじけてもいない。

「ただ、ほかのお客様が、お手にとっている可能性もありますので」

「言い訳するのか！」

男の人はますます怒って、声を大きくした。

あの日とおんなじだ。怒ってる大人、やっぱこわすぎる。あたしはきゅう、と自分のひじをにぎりしめる。

イヌガミさんは持ってきた本を差し出した。

「お気に召さなければ、他館からお取り寄せもできますが、表紙が新しくなっただけで、中身は同じ……」

「おい、ここの責任者は誰だ」

イヌガミさんの後ろで、カトンボ館長がちぢみ上がった。

さっきからずっとそこにいたんだ。全然気がつかなかった。忍者もびっくり、みごとなかくれみの術使いなり。

イヌガミさんはちょっと首をかしげた。

「私は、児童サービスの担当者ですが」

「おまえは黙ってろ、変な面して」

まるで、あたしが強くぼうでたたかれた気がした。ただの言葉なのに、あたしにいったんじゃないのに、ほんとにいたかった。しゃがんだまま、あたしは両手でむねをおさえた。

イヌガミさんはいわれたとおり口を閉じた。

らんぼうな声で男の人はいった。

「俺は、館長を出せと言っている」

「……私です」

やっとカトンボが、イヌガミさんの後ろから小さな声を上げた。

男の人はカトンボのぎゃくで、どんどん大きな声になる。おしまいには、まるでさけぶみたいになった。

「おい、民間企業じゃ、こんなことは考えられないぞ。ああ？　窓口にだ、客の目の前に、こんな面の職員を置いておくなんて。それも、子どもの担当だ？　非常に不愉快だ。こんなことだから、本の管理もずさんになるんじゃないのか？　ここの本は、俺たちの税金で買っているんじゃないのか、ああ？」

館長はぺこぺこと何度も何度も頭を下げた。「ごもっともです」とか、「申し訳ございません」とか、さかんにあやまっている。

こわさなんてとっくにふっとんで、あたしの全身は怒りにふるえた。おなかの中は、めらめら火が燃えるぐらい熱い。

ちっとも、「ごもっともです」でも、「申し訳ございません」でもない！

クマ対カトンボだからしょうがない？

ううん、しょうがなくない！

イヌガミさんはいつものつまらなそうな顔で、本を持ったままカウンターの後ろに立っていた。

そのとき、大きな声が聞こえた。

「パパー」

階段の下からだ。

どたどた上がってきた女の子を見て、あたしの目の前は、真っ暗になった。ブックトラックにすがりつく。

かおり姫だ。

「パパ、なにしてんの？　かおり、とっくに本見つけちゃったよー。早く借りてよ、かおり、カード持ってきてないんだからあ」

かおり姫は階段をかけ上がりながら、ぴかぴかの『身長と体重はたし算できるかな？』をふり回した。

「早く借りて、おばあちゃんちに行こうよ。かおり、宿題は新幹線の中でやる計画だよ、すごいっしょ？」

男の人は一しゅん、「おっ」という顔をしたが、ますます怒った顔になった。

「じゃあ、下のカウンターで借りる。ここじゃ、不愉快だから借りない」

そのまま、階段を下りようとする。

あ、行っちゃう。

あたしは思わず中ごしになる。

このままでいいの？

あたしはイヌガミさんを見た。

そのときもきっと、イヌガミさんはいつものつまらなそうな顔で、ただ立ってただけのはずだ。

でも、あたしにはその内側が見えた気がした。そこで、イヌガミさんの心はとても小さくなって、しょぼくれてふるえていた。

まるで……あのときの、あたしのおとうさんみたいに。

ゆるせない。

あたしのおなかはとうとう破けて、そこから火がふき出した。

ブックトラックの手をつっぱって、あたしは一気に立ち上がった。

飛び出そうとしたけど、その前にかおり姫と目が合った。

かおり姫はあたしに気がついて、びっくりしたみたいだ。でもすぐに、にやっとくちびるのはしを上げた。

「あー、あの子、知ってる」

あたしを指さした。

しまった。

あたしは動けなくなっちゃった。

ブックトラックはからから後ろへいっちゃった。まわりには、つかまるものがなにもない。体はぐらぐらゆれて、とても立っていられそうにない。

まるで、どこか高いところから落っこちてるとちゅうみたい。このままどこまでも

どこまでも落っこちて、最後には地面にたたきつけられて……あたしの体はこなごなに……なっちゃ
「ひゃ」

　ぐいとかたをつかまれて、あたしは後ろへ引っぱられた。

「待てよ、そこのおっさん！」

あたしの代わりにさけんだのは、スタビンズだった。保存書庫から、どうどうとフロアに出てきた。ズボンのポケットに片手をつっこんで、意味わかんないけど、ちょっとカッコいい。

　男の人とかおり姫は、いっしょにこっちを見た。そっくりな顔で目を真ん丸に見開いている。

「おい、あんた謝りもしないで行くのか？」

スタビンズは男の人をにらんでから、あごの先をイヌガミさんに向けた。

「この人はなんにも悪くなかったじゃねえか。あんたのブサイクな態度のほうがよっぽど不ゆかいだ。謝れ、謝れ」

　それに続いて、

「そうよ」

「そうですよ」

「そうだ」

今度の声は絵本の棚の向こうだ。

信号ちゃんママがベビーカーを押し、すみれさんとハンサムさんが赤ちゃんをだっこして、そろってこっちにやって来る。

三人ともやっぱカッコいい。だっこされてる赤ちゃんたちまで、なぜだか全員カッコいい。

信号ちゃんママはいつもと同じに、とてもどうどうとしている。

「あなたの早とちりじゃありませんか。本はちゃんとあったんでしょう？　素直にごめんなさいって、言いなさい」

すみれさんは、スタイリッシュなむらさき色のだっこ布と赤ちゃんをゆらして、

「大きい声を上げるから、うちの子が起きちゃったじゃありませんか」

いつもよりずっと強い声を出す。

ハンサムさんも見たことのない、きりっときびしい顔だ。

「子どもの目の前で、あんな乱暴な振る舞いをするなんて……恥ずかしいとは思わないのですか？　大人はいつも、子どもの手本となるべきです」

三人がじりじり近づくと、クマみたいな男の人はじりじりあとずさりした。

「なに、何を……」

小さい声でぶつぶついいながら、

「何、言ってるんだ、こいつら、話にならん……」

かおり姫の手を引っぱって、逃げるように階段を下りていった。


あたりはもとどおり、いつもの静かな図書館だった。

カトンボ館長はきょろきょろしながら、事務室に入ってしまった。

信号ちゃんママたちはのんびり絵本のコーナーへ帰っていく。いつもみたいに楽しそうにおしゃべりをはじめた。

まるで、なんにも起こらなかったみたい。

あたしとスタビンズは、保存書庫に逃げるように入った。なぜか、フロアにいられない気がした。

イヌガミさんが古いほうの『身長と体重はたし算できるかな？』を持って、部屋に入ってきた。鉄のかべを動かして、本をもとにもどした。

本をもどし終わって、イヌガミさんはちらっと、あたしたちを見た。

あたしとスタビンズはかたをすくめて、ちぢこまった。

「柿三小、今日、開校記念日で休みらしいよ」

イヌガミさんの声には、怒りも、感謝も、めいわくも、ちっとも感じられなかった。

ただ、事実をいっただけだ。

　イヌガミさんが出て行ってから、あたしはスタビンズにいった。

「あの人にいってくれて、ありがとう。勇気あるね」

　スタビンズはそっぽを向いて、ぼそぼそいった。

「おまえが行こうとしなかったら、おれはずっとかくれていたよ。勇気なら、おまえのほうがある」

　あたしはスタビンズにわらってみせようとしたけど、うまくいかなかった。近くのイスに座ったとたん、特大のため息が出てしまった。

　そのまま、あたしは机につっぷす。

　いつかみたいに、気持ちが切れ切れになる。


　いつの間にか、あたしは歩いている。

　どこへ行かなくちゃいけないんだかよくわからないけど、やっぱりどこかへ行かなくちゃいけないことだけはわかってる。

　だから、あたしは歩いてる。

ひと足ひと足歩くごとに、気持ちがぐるぐる回る。

かおり姫はあたしのこと、絶対いいふらすだろう。

図書館に来ていることがバレてしまう。

先生にいいつけるかもしれない。

いや、あたしはぐうぜん図書館にいただけだ。

毎日来てるかどうかなんて、わかるわけない。

でも、
かおり姫のパパは、あたしがおとうさんの娘だとわかったかも。

かおり姫から名前を聞いたら、きっとわかるにちがいない。

あたしのせいで、おとうさんが会社でひどい目にあわされたらどうしよう。

そのうえ、
そのうえ、
おとうさんはあたしが学校に行ってないこと、図書館に毎日通ってることを知ってしまう。

そしたら、
そしたら、

おとうさんは仕事をクビになっちゃって、あたしのことで死ぬほど心配して、きっとどうにかなっちゃう。おねえちゃんもおかあさんもどうにもできない、あたしたち家族はきっと、ばらばらになっちゃう……なにもかもがすべて終わりだ。

ひと足ひと足の足音が、あたしを責めたてる。

ひと足ひと足進むごとに、うすやきせんべいみたいに、くしゃくしゃぱりぱり、世界にひびが入って割れていく。

どうしよう。

どうしよう。

家に帰ってもごはんを食べてもお風呂に入ってもおふとんに入っても、気持ちはぐるぐるぐるぐる回り続け、うすやきせんべいはぱりぱりくだけていた。

朝ごはんが食べられない。

おとうさんがあたしを見て、

「ほのかどうした、気分でも悪いのか?」

って、聞いた。

うなずいて休んじゃおうと思った。

でもあぶないところで思いついて、あたしはあわてて首を横にふった。

「え、別になんもないよ」

おとうさんが「今日休みます」なんて、学校に電話をかけたらまずい。

織田先生は、「はあ？」と、聞き返すだろう。そして、すべてがバレてしまう。

あたしはむりやりトーストを口につめこむと、

「行ってきまーす！」

けなげにわらって家を飛び出した。

不登校児童は、ずる休みもできないのだ。


はあはあ苦しく息を切らしながら、あたしは図書館の階段を上る。

体も心もくたくた、もうなにもかも放り出して逃げてしまいたい。

二階からぴっ、ぴっ、と音が聞こえる。

子どもの本のカウンターには、イヌガミさんが座っていた。きのうから今朝までに、ブックポストに返された本の返却作業をしている。おなじみの朝の仕事だ。

あたしに気がつくと、おなじみのつまらなそうな顔を向けた。

「おはよ」

イヌガミさんのあいさつは短くて、そっけなかった。

けど、いつもと同じだ。

あたしはほっと息をついた。カウンターの上の、返却のすんだ本をかかえる。

「おはよう。本棚にもどすのてつだう」

「いつもすまないねえ」

ふざけたいい方をして、イヌガミさんはほんの少しわらった。

その顔を見たら、なんでかわかんないけど、さっきまでの苦しい気持ちがすうっと消えた。

「いいってことよ」

あたしは本をぎゅっとだきしめて、フロアへ出て行った。

Ⅶ『図書館の自由に関する宣言』

十一月も半分すぎた。今朝吹く風は、「こがらし一号」になるかもしれないって、朝のテレビで天気予報のおにいさんがいってた。

そのとおりで、外はとっても寒かった。

でも、図書館の中はほかほかあったかい。

あたしがいつものように、本をもどすおてつだいをしてたら、

「ほのかさん」

本棚のかげから、イヌガミさんに呼ばれた。

「なに？」

近づくと、赤い折り紙のたばを押しつけられた。

「ちょっと、これでさかなを折ってくれるかな？　スタビンズ君に教えてあげて」

「……いいけど」

あたしは首をかしげた。

イヌガミさんはびくびくしてるように見えた。まるで、森でおおかみにでも会ったみたい。この人のこんな感じ、はじめてだ。

いわれたとおり、あたしは保存書庫に入った。中でスタビンズが窓にへばりついていた。

窓のガラスが細く開いている。

「こうすると、音が聞こえるぜ。ちょっと見ものだ」

おしりを向けたままいって、スタビンズは窓わくに折り紙を押しつける。

「どういうこと？」

あたしが聞いたとき、階段に人かげが見えた。コートを着た男の人が、ふたり上ってくる。

あたしはたちまち、こきん、とこおりついた。

その横でスタビンズはおかしそうに、かたをすくめた。

「久々に、イヌガミの天敵来襲だあ……けど、もうひとりは」

やっとあたしがこおってるのに気がついたみたい。スタビンズは首をかしげてこっちを見た。

「だれ？　知ってる？」

うっかり、息をするのをわすれていた。あたしはできるだけ長くゆっくり息をはいた。見えない氷のかたまりがぱらぱら落ちた。

出せるかどうかよくわからなかったけど、

「……うちの担任」

からからののどから、ちゃんと声が出た。

スタビンズはひゅうと口笛を鳴らした。

「やめてよ」

あたしがにらむと、かたをすくめて窓からはなれた。あたしに特等席をゆずってくれるらしい。

代わりに、あたしは窓のすき間にひっつく。

織田先生が、カウンターのイヌガミさんに聞いた。

「火村ほのかが、ここに来ていると聞きましたけど？」

いきなり自分の名前が出てきて、あたしはまたこおりつきそう。心臓だけがどくどくあばれ回って、いやなにおいの汗が体じゅうをつつむ。

やっぱり、やっぱり、かおり姫が先生につげ口したんだ。

イヌガミさんはカウンターの席に座ったまま、いつものつまらなそうな顔で先生を見上げた。

「さあ、どうでしょう」

「どうでしょうって、イヌガミ君」

織田先生の後ろにいた、メガネの人が口を開いた。

「カードや貸出の記録なんかで、来てるってわかるだろう?」

後ろから、スタビンズがささやき声で教えてくれた。

「あれは、図書館のえらい人なんだと。中央図書館の次長だか課長だか。たまに来るけど、そのたんびにイヌガミとあんな感じになる」

イヌガミさんは目と口をすぼめ、メガネの人を見た。その顔で、イヌガミさんがその次長だか課長だかの人を、ちっともえらいと思ってないのがわかった。

ふたりの間で、織田先生はこまった顔になった。

「火村はずっと、学校を欠席してます。家族とも連絡がつかなくて途方に暮れておりまして」

まるで、イヌガミさんが学校をサボったみたいないい方だ。

なにが連絡だよ。たまに電話かけてきて、思い出したころ手紙よこすくらいで。

けどまあ、先生のテキトーのおかげで、今までおとうさんにバレずにすんでるんだけど。

自分からバレないようにさんざん苦労と工夫してたのもわすれて、あたしはだんだんはらが立ってくる。

織田先生はもっとこまった顔でいった。

「このままじゃ、日数が足りなくて、卒業できないかもしれませんよ」

あたしはぎくりと窓から手をはなした。

イヌガミさんは口を半開きにして、先生と次長だかをぼんやり見ていたけど、

「ぼくには答えられません」

といって、本棚のほうへ行ってしまった。

逃がすものかと、先生と次長は後ろについていった。カトンボ館長もしかたなさそうについていく。

うわ、そっち行くと見えない。あたしは窓を全部開けて身をのり出す。そうしてやっと、一番手前ののりものやこんちゅうの本棚が見えた。

四人の大人はそこにいた。

メガネの次長ははっきり怒った声だ。

「何を言っているんだ、君は」

イヌガミさんは知らんぷりの顔だ。しゃがんで、ぐちゃぐちゃのこんちゅう絵本の

棚を直しながらいった。

「図書館は利用者の秘密を守る」

つまらなそうな顔で、ふたりを見上げた。

「『図書館の自由に関する宣言』は、ご存じでしょう? 図書館員は、誰がいつ来ているのか、どんなふうに過ごしているのか、どんな本を読んでいるのか、どんな本が好きなのか、そのほかいろいろ、見たり聞いたりしたことをほかの人に教えてはならない。ぼくだけじゃない。ここの誰に聞いたって、答えは同じです」

「そんなもの、法的根拠でもなんでもない」

次長はむっと顔をこわばらせた。

「機転をきかせろ。学校も図書館も同じ役所どうしだ。先生もお忙しいなか、こうやって子どもを心配して、わざわざ来てくださってるんだから。おまえらのこだわりは、いつも時間の無駄使いだ」

「子どもを心配?」

イヌガミさんはこんちゅうの本から手をはなして、立ち上がる。

イヌガミさんのほうが、織田先生や次長より背が高い。ふたりはびくっとしたように見えた。

イヌガミさんの顔がかすかにゆがむ。次長を見る目がするどくなった。

「あなたがた、本当に子どもを心配してるんですか?」

低く、力のこもった声だ。

「あなたがたは結局、自分らが、仕事をなまけてると思われたくないだけでしょう?」

「なんだと」

次長の声が高くなる。顔が赤い。イヌガミさんとにらみあった。

「あのふたりは仲が悪いんだよ。いろいろなことでいつも、ああなる」

あたしの後ろで折り紙をいじくりながら、スタビンズはおもしろがっている。

「おい、あんまりエキサイトして落っこちんなよ、ほのか」

スタビンズの声なんかずっと遠くにしか聞こえない。あたしはできるかぎり、窓から身をのり出す。

織田先生が、おろおろと次長の応援に入った。

「そもそも、小学生が平日の昼間から来ていたら、学校はどうしたと問いただすのが、大人の常識じゃないのですか?」

イヌガミさんはぎろり、と今度は織田先生に目を向けた。

織田先生は二歩も三歩も後ろに下がった。

イヌガミさんの左側のほっぺは赤く、右のほうはどす黒く見えた。あごがふるえているのが、ここにいてもはっきりわかる。

「問いただしたら、その子はここに、もう来られない。次はどこへ行くんですか？　そうやって、子どもの行き場をなくし、追いつめろというのですか？」

織田先生は青白い顔で、立ちつくした。両うでをだらんと落として、ぼんやり床を見つめた。まるで、いきなりバケツで水をぶっかけられた人みたいに見えた。

イヌガミさんははっとして、

「あ、」

ぱしぱしまばたきをした。自分の強い言葉にびっくりしたみたいだ。

「すみません」

しゃがんで、またせっせと絵本の棚を直しだした。

「えーっと、あの、その、もし、その子を見かけることがあれば、先生が心配していると伝えましょう」

「そうしていただけると……」

織田先生の声はしわがれていた。その場にしゃがんで、イヌガミさんの顔をまっすぐ見た。

「私は火村にまず、謝ります。私は見て見ぬふりしてばかりだった」

先生の声はふるえていた。

「彼女はここにずっと来ていたんでしょうか。ここで心穏やかに過ごしていたんでしょうか」

イヌガミさんは先生と目を合わせたけれど、なにもいわない。

織田先生の口から、言葉があふれだす。

「これは言い訳ですが、いえ、言い訳してはいけない、すべては私の力不足、私は教師失格です。いろいろなことが重なりその重荷に耐えられなかった、教室で起こる何もかもに見て見ぬふりをして、大したことはないと、自分にも周囲にも取り繕い続け、欺き続け……」

イヌガミさんはぽん、と織田先生のかたに右手を置いた。そのとたん、先生の言葉はぴたりと止まった。

あたしは自分の顔をこする。知らない間に顔はびちょびちょにぬれていた。

「ひゃ」

急に後ろから引っぱられて、びっくりした。スタビンズがあたしのかたをつかんで中に入れたのだ。

大人四人はカウンターのそばまでもどってきて、事務室へ入っていく。

あのまま窓から身をのり出してたら、見つかっちゃうとこだった。

少しして、織田先生と次長は帰っていった。

イヌガミさんとカトンボ館長も事務室から出てきた。

カトンボ館長はぶうーんと、イヌガミさんのまわりを飛び回る。

「イヌガミさん、困るよ、困る。また次長を怒らせて。いいことないよ。子どもは保存書庫の中にいるんだろ。どうしてご案内しなかったんだよ。困るよお、子どもが増えてるじゃないか。困るよお、図書館が不登校の片棒を担(かつ)いでるみたいに思われるじゃないの」

館長がこまってることは、とてもよくわかった。

イヌガミさんは返事をしない。カウンターそばの辞書や事典のコーナーへ行く。

カトンボはその後ろをついていった。

「イヌガミさん、聞いてる？」

イヌガミさんはぶ厚い辞書を引っぱりだすと、低い本棚の上でぼこっと開いて、

「館長」

ページに指をそえた。

カトンボは細かい字が苦手らしい。そっくり返るように顔をはなして、その場所を見た。

「広辞苑によると『片棒』とは、かごを担ぐとき、持つとこあるじゃないですか、あれのどちらか一方のことなんですね。時代劇に出てくる、乗り物のかご」

「うん？」

　カトンボはまゆ毛を寄せて、よくわからない、という顔になった。

「そして『片棒を担ぐ』とは、『いっしょにある企てをする。荷担する。多く、悪い仕業にいう』とあります」

　イヌガミさんはぱたん、と辞書を閉じた。

　その風でカトンボの残り少ない髪が、ぽやんとなびいた。

「言葉って、おもしろいですね」

　イヌガミさんはにっとわらって、辞書をしまった。

「すいませーん」

　カウンターの前から、女の人が呼びかけた。小さな男の子を連れている。

「この子の、前読んだ絵本を探してるんですが、題名がわからないんです」

「はい、ただいま」

　まだぼんやり首をかしげているカトンボ館長を残して、イヌガミさんは男の子のところへ行ってしまった。

　イヌガミさんが近づくと、男の子はびっくりして、おかあさんのスカートにだきついた。

「どんな、おはなしですか？」

　ずいぶんはなれたところにしゃがんで、イヌガミさんは男の子に聞いた。

　男の子はおかあさんのスカートのかげから、そろ、と顔を出した。

　しゃがんだまま、イヌガミさんはじっと待つ。やっぱり、いつものつまらなそうな顔だ。でも、早くてもおそくても、どっちでもいいんだよ、って顔だ。

　やがて、男の子は片手をのばす。もう片っぽの手はスカートをにぎったままだ。

「……あのね、おさかな、いっぱいいいっぱい」

「ふんふん」

　イヌガミさんはあごに手をやって、考えるそぶりだ。

「それは、何色のおさかな?」

　なれちゃったのか、それとも、絵本のことで頭がいっぱいになっちゃったのか、男の子はスカートをはなして、両手をぱたぱた動かした。

「あかいおさかな、くろいおっきなおさかな、あと、にじいろのくらげ……」


　いつもにもどった図書館の風景を、スタビンズは窓にもたれてながめている。赤い折り紙をいじりながら、たぶんあたしにいった。

「ま、だれもが通る道だよ」

　あたしは近くのイスに座って、机にがっくりひじをついた。返事なんてとてもできない。

「人生は、決断の連続なのだ」

おしばいみたいないい方で、スタビンズは人さし指を天井に向けた。

「いつまでも逃げてはいられない」

あたしは机に、ごん、とおでこをぶつけた。

「いたっ」

おでこをおさえる。こんなときでも、強くぶつけすぎるとおでこはいたい。

保存書庫のドアが開いた。

あたしがおでこをさすりながら顔を上げると、イヌガミさんが入ってきたところだ。

ぱちんぱちんと、鉄のかべを操作して、電動本棚を開けた。

「あの」

あたしは立ち上がって、イヌガミさんの背中にかけよった。

「うん?」

イヌガミさんは本探しに気をとられているみたい。

「あった、あった『スイミー』」

水色の大きな絵本を取り出した。あたしも読んだことある。

「なっつかしー。教科書にのってたなあ。『ちいさな　かしこい　さかなの　はなし』。

それはそうと、苦節一時間、ついにできました、見て見て」

スタビンズがじまんしながら見せたのは、しわしわの「やっこさん」だ。

イヌガミさんはあたしたちを横目で見た。

「スタビンズ君、ちゃんと言ったやつ折ってよ。ほのかさん、先生が心配してる」

それだけいうと、絵本をわきにかかえて出て行った。

スタビンズはにやっとわらって、あたしにかたをすくめてみせた。

でも、あたしはそっちを見ない。イヌガミさんの行った方向をずっとずっと見つめていた。

Ⅷ 『だめといわれてひっこむな』

「人生は、決断の連続なのだ」ってスタビンズはいったけど、あたしはなんの決断もしないで、図書館に通い続けた。

織田先生は週に一回くらい図書館に来た。あたしはそのたびに保存書庫にかくれたけど、先生は聞かなかったし、イヌガミさんもなにもいわなかった。

先生はただ、イヌガミさんにあたしあての手紙や授業で使ったプリントをあずけて、帰っていく。手紙は手書きで、その週に学校であったことが日記のように書いてあった。国語や算数や総合でなにをやったかというのもあるし、学級会の様子も書かれている。給食のメニューや行事の練習についても細かく報告してあった。

こうして読むと、数週間しか通わなかった教室だけど、なつかしかった。ひどい思い出しかなかったはずなのに、学校はとっても楽しそうだ。

織田先生は字もイラストも上手だから、とても読みやすい。

あたし、織田先生のことなにも知らなかったんだなあ、って思う。あのときイヌガミさんにかたをぽんとされた織田先生の顔を、あたしはちょくちょく思い出す。

他人のことって、知ろうと思わなければ全然わかんない。

でも、あたしがわかんないからって、なんにもないわけじゃない。

たとえば、平日の午前中に図書館にいる人たち。首ののびたTシャツを着てずーっと勉強している大人もいれば、きちんとしたイケメンが赤ちゃんのめんどうをみていることもある。その人たち全員に、そうしたかったり、そうしなきゃいられなかったり、それぞれにちゃんとした理由があるんだ。あたしにいろいろあるのと同じで、みんなにもそれぞれ、ひとりひとり、いろいろな事情がくっついてる。

そんなのよく考えたら当たり前。だけどあたし、今まで考えたことなかった。

もうすぐ十二月だ。図書館の二階の窓から見える大きな杉の木の葉っぱが、なんだか赤っぽくなってきた。

「針葉樹なのに、紅葉するなんてヘン。病気なんじゃない?」

あたしがいうと、カウンターのイヌガミさんはだまって、図鑑の棚を指さした。

「ねえ、どうやって調べるの?」

言葉だったら国語辞書に五十音順でならんでいるし、漢字だったら画数を数えたり、つくりやへんを漢和辞典で探せばいいんだけど、植物はどうやって調べたらいいのかわかんない。

イヌガミさんはうるさそうな顔をしたけど、事務室からうつみさんが出てきたら、急にあたしに親切になった。

「木のそばに行って調べてごらん。きっと手がかりがある」

あたしはすぐに階段を下りて外に出て、杉の木のそばまで行った。

まるでクリスマスツリーみたいな形、長細い三角形のでーっかーい木だ。二階建ての図書館の屋上よりずっと高い。真下からてっぺんを見上げたら、ひっくり返りそうになる。

りっぱな木のみきを、ぽんぽんとたたいてみる。

「あ、見っけ」

ちゃんと名札が巻きついていた。

「アケボノスギって名前だった」

子どもの本コーナーに帰って、あたしが報告したら、

「調べたいものの名前がわかったら、図鑑の後ろのさくいんを引いてみて。これだったら、植物図鑑でしょ。植物図鑑のさくいんには、植物の名前が五十音順に並んでて、

その植物の記事が何ページに書いてあるかわかるの」

うつみさんが、図鑑の調べ方を教えてくれた。

図書館って、こういうとき便利。

へえ、針葉樹でも落葉樹ってあるんだ。アケボノスギはその種類で、そのうちすっかり葉っぱが落ちてしまう。メタセコイアというのが正式な名前みたい。「メタセコイア」で調べたら、いろんな本に見つかった。あたしはおもしろくなって、いろいろ調べてみた。


脚立(きゃたつ)の上から、あたしはうつみさんとイヌガミさんに教えてあげた。

「アケボノスギは、メタセコイアともいって、生きた化石と呼ばれてる。百万年前に絶めつしたと思われてたんだけど、二十世紀になってから中国で発見された。成長が早くて、三十年で二十メートル以上の高さにもなるんだって。あとねえ、セコイアっていうのはアメリカのとってもかしこい先住民の名前なの」

「ふーん」

イヌガミさんは、ぐちゃぐちゃのコードをときほぐす手を止めた。

「そこまで出てたかな。子どもの図鑑に」

「もうちょっと、ゆるい感じで」

うつみさんは、きらきらするモールのたれ具合を念入りにチェックしている。

あたしは、ご注文どおりモールを少しゆるめた。

「最初は二階の植物図鑑で調べたの。あんましくわしくなかったけど、メタセコイアっていう名前と、葉っぱが落ちるのはわかった。そのあと一階に、『メタセコイア』っていう本があったから読んだ」

「それって、大人の本でしょ」

うつみさんがあきれるような顔をしたので、あたしはかたをすくめた。

「小学生が大人の本なんて読んだら、ダメ？」

「『ダメじゃない』」

うつみさんとイヌガミさんはユニゾンになって、顔を見合わせた。

イヌガミさんはちょっとうろたえながら、コードをぐるぐる全体に巻きつけた。

「そ、そうだな……読みたい本はなんだって読んだらいい。すごくいいことだよ」

「すごいわあ。ほのちゃん」

うつみさんは両手をむねの前でにぎりしめた。

あたしの耳は熱くなる。なんでそんなにほめられるのか、わかんない。

「とびとびしか読んでないよ。ドリトル先生のほうがおもしろいもん」

今読んでいるのは『ドリトル先生と緑のカナリア』で、それが終われば、あとは

『ドリトル先生の楽しい家』一冊だけだ。最初に『ドリトル先生アフリカゆき』を読みはじめたときは、果てしなく遠い遠い道のりに見えたけど、思ったよりずっと早く読めた。

あたしは銀の玉と、わたでできた雪の場所を直すふりをした。

「よーし、試しに電気を通してみようか」

イヌガミさんがプラグを差して、スイッチを入れた。

そこへちょうどスタビンズがやって来て、

「うひゃ、なんじゃこりゃ、ハデハデじゃん」

目を丸くした。

このごろ、スタビンズはときおりフロアに出てくるようになった。うつみさんおすすめの『大きな森の小さな家』シリーズを読んでいる。読むのが早くて、シリーズ最後の『わが家への道』を、今本棚からとってきたところだ。

「すごいっしょ」

てっぺんに大きな金の星をかぶせ、脚立の上であたしはえばった。これはえばる価値のあるながめだ。

半日かかって、クリスマスツリーのかざりつけが完成した。外のアケボノスギにくらべたら赤ちゃんみたいだけど、室内だったらそうとうの大きさだ。上から下までぎっしりつるされたオーナメントやモール、豆電球やＬＥＤのコードは、昔から今までの大ぜいの、図書館のお客さんから寄付されたものだそうだ。

窓の外では、アケボノスギの葉がこいだいだい色に染まり、ちらちらちりはじめていた。

景色はもうすっかり冬だ。時間が流れるのって不思議。

あたしがはじめて、ここの図書館に来たとき、木という木につかまってわんわん鳴いてたせみたちは、いったいどこへ行っちゃったんだろう。

今朝の空気はきりりと冷えて、雲はなく空はひたすら青い。息をはくと湯気みたいに白くのぼっていく。

あたしはいつものように図書館に着いて、二階に上がった。保存書庫に入ってランドセルとジャンパーを置いてると、本棚の合間からひょいと、イヌガミさんが顔を出した。

「やあやあ、これはこれは、ほのかさん、おはようございます」

やたらていねいなあいさつに、あたしはかまえた。口をとんがらかせて返す。

「……おはよう、なんか用？」

イヌガミさんはちょっとこまったふうに頭をかく。

「あのさ……」

それをさえぎって、

「ほっのっちゃーん！」

うつみさんが飛びこんできた。にこにこしながら、いきなりあたしの両手をつかんでぶんぶんふる。

「ちょうどよかった、ほのちゃんならぴったりだよ、ねーっ！」

「え？　え？」

勢いに、あたしは押されっぱなしだ。

「きっと楽しいと思うの、うん、絶対楽しいよ」

うつみさんは幸せそうな笑顔を向ける。鼻と鼻とがくっつきそうなくらい近い。いいにおいがして、あたしは思わずぽうっとなっちゃった。


ぽうっとなってるうちに、あたしは大変なことを引き受けてしまった。

『クリスマススペシャルおはなし会』で、主役にばってきされてしまったのだ。

大型紙しばいで、主役のこぐまの役をやることになってしまった。

「だいじょぶ、だいじょぶ、裏で声出すだけだから。表に顔は出ない」

イヌガミさんはへらへらしてる。無責任この上なし。

「すっごくかわいい声だし、よく通るし、向いてると思うよお、ぴったりよお」

うつみさんは、あたしをほめてほめて、おだてておだてて、どんどんどんどん、高いところへ追いたてるみたいだ。

あたしはそれに、まんまとのせられてしまった。

「うおー」

となりでスタビンズがほえた。この子もあたしと同じに、うつみさんにぽうっとなっちゃったにちがいない。サンタクロースの大役を引き受けていた。

スペシャルおはなし会は、年に何度かあるイベントだ。春休みのこうさく、夏のこわいおはなし、そして十二月にはクリスマス。

いつものおはなし会は、平日に《おはなしのこべや》でやるけど、こっちは土曜か日曜日に、人がたくさん入る地下のホールでやる。出し物も、大型紙しばいや人形劇、ちょっとした工作とか、いつもはやらないことをやるんだって。

てつだうのも見るのも、あたしははじめてだ。

今年の『クリスマススペシャルおはなし会』は十二月十日、つまり、あと十日しかない。ほんとのクリスマスよりだいぶ早くやるからだ。もう、外の掲示板や館内にはポスターがはられているし、本を借りる子たちにはチラシも渡してる。

……それなのに、それなのに。

スタビンズがぜっんぜん、ちゃんと練習してくれない。

今日も、保存書庫の中でセリフの読み合わせをしたんだけど、

「そこ、ちがうでしょ」

あたしがまちがいを教えたとたん、

「ムリだわ、ムリムリ。あたしに女優はムリなのよお」

なよなよ顔をおさえて、なきまねをした。

「って！」

あたしは頭に来て、近くにあった絵本でスタビンズの頭をたたいた。

「キモい声上げるな」

「こら」

ちょうど入ってきたイヌガミさんが、あたしの手から絵本をうばった。

「ほんは　だいじに　しよう」

ちょっと怒った声で、はり紙と同じセリフをいった。

頭をおさえて、スタビンズはぶうたれる。

「その前に暴力じゃないの？　注意すべきところは。本より人でしょ」

「いや、本の方が大事に決まってる」

イヌガミさんはわらった。

「何にしても、がんばってよ、おふたりとも。もう日にちがない」

「ねえ、それはそうと」

スタビンズはずるそうな顔になって身をのり出す。この子、またサボる気だな。

「イヌガミさんは、クリスマスイブだれとすごすの？」

イヌガミさんは「？」という顔になったが、すぐにとぼけた。

「平常営業ですけど。ぼくんちは代々、浄土真宗なんで」

スタビンズはズボンのポケットから、ふうとうを取り出した。青いお札みたいなのがちらりと見えた。

「これ、オトネトリオのライヴなんだけど」

「なにそれ、おわらいの人？」

あたしが口をはさむと、スタビンズはばかにしきった顔になった。

「どんなイロモノ芸人だよ、それ。ま、小学生にジャズはムリだな」

失礼な。あたしはスタビンズに向かって、口をとんがらかせた。

「ちょびっとは知ってるよ。こないだ、うつみさんにいろいろ教えてもらったんだもん。スイングって特別のリズムがあって、それを使うとどんな歌でもジャズになるんだよ」

手びょうししかけて、気がつく。

「だったら、うつみさんにあげればいいのに。うつみさん、ジャズがすごく好きなんだって。しぶいよね」

いってしまってから、あたしは「あ」と口を開けた。

スタビンズはずりずりとイヌガミさんに近づき、チケットを目の前に広げた。ものすごく、たちの悪いサギ師みたいに見える。

「イヌガミさん、もし二十四日に予定がなければ、これもらってくれない？　うちの親が招待券もらったんだけど、あんまジャズに興味ないし、二枚しかないしさ」

イヌガミさんはじっと、スタビンズの手もとを見ている。おでこに汗がにじむ。

「いや、お客様からモノもらったら、まずい」

「ただでもらったんだよ。もらってくれないと、ムダになる」

こんなにつらそうなイヌガミさんははじめて見た。まるで修行で滝に打たれているみたいだ。

「いっしょに行く人いないし……」

回りくどいのはきらいだ。あたしははっきりいった。

「うつみさん誘えばいいじゃない。うつみさん、きっとよろこぶ」

「いや、あの……」

イヌガミさんはおばけでも見たみたいに、あとずさった。

「あの人は、あの人の予定があるでしょ、きっと」

「いいじゃない、聞くだけ聞いてみなよ」

イヌガミさんはあとずさりながら、抵抗を続ける。

「そういえば夜番だったなあ、その日」

「ライヴは九時からだよ。間に合うでしょ」

それからとほうもなく長い間、うだうだぐだぐだいい合いが続いた。あたしはとちゅうで何回か保存書庫を出たり入ったりしたけど、それでもスタビンズは根気強く、ずっとうだうだぐだぐだイヌガミさんを責めていた。

あたしは、ふたりのどっちにもなんにもいわなかった。ぐだぐだの中に入りたくないっていうのもあるし、すっぱり断らないイヌガミさんがちょっといやだったし。だって、全然いつものイヌガミさんじゃないんだもん。


イヌガミさんのことばかり気にもしてられなかった。

初ぶたいまで日にちがないぞ、スタビンズ。初ぶたいといっても、紙しばいなんだけどね。（ちなみに、紙しばいを入れる木のワクのこと「ぶたい」っていうんだって。知ってた？）

もう中学生男子のことはあてにしないで、あたしだけでもちゃんとやろうと決めた。

あたしの役のこぐまは、主役だけあってセリフがどっさりある。いくら、ぽうっと引き受けたからって、引き受けたからには、責任持ってやらなきゃ。

　大型紙しばい『サンタクロースとこぐま』は、昔からここの図書館に伝わる、オリジナル劇だ。イヌガミさんも知らないくらい昔の職員さんが、おはなしを作って絵を描いたそうだ。

　冬眠の穴から抜け出したこぐまが、サンタのおじいさんにくるみの実を一袋もらう。帰り道に、いろんなどうぶつにいろんな理由であげたので、最後にくるみは一個しか残らなかった。それもかたくて食べられないので、こぐまはおかあさんにあげる。おかあさんくまはそれを土にうめる。やがてくるみから芽が出て、数百年後りっぱな木になり、くるみの実がたーくさんなるようになりました、というおはなしだ。

　あたしはシナリオを持って帰って、家でも練習した。

「おかあさん、おかあさん、ぼく、森で不思議なおじいさんに会ったんだよ」

　なんだか、うつみさんのいうとおり、あたしの声ってかわいいかも……なーんてね、うそうそ。

　そのうち照れるのもわすれて、どんどん夢中になる。

「白いおひげで、やさしくって、みんなにプレゼントをくれたよ。ぼくにもくれたんだけど……かたくて、ぼくは食べられないの……くすん」

こぐまの気持ちに入りこんじゃって、ほんとのなみだがこぼれた。

そしたら、

「ほのか！」

大声に、あたしはふりむいた。玄関に、制服のおねえちゃんと作業着のおとうさんが立ってた。

「げ。いつからそこに……」

あたしはかたまる。やだ、うっとり演技してたところを見られた。

「あんたどうしたの？」

「何かあったのか？」

いろいろ質問しながら、心配そうな顔でふたりが近づいてくる。今にも熱をはかられて、おふとんにねかされてしまいそうな勢いだ。

「え、別になんもないよ」

あたしはシナリオをふり回して、一生けん命いいわけをした。

「えっと、あの、学校でやる劇の練習なの、劇の練習！」

ひさしぶりに三人でいっしょに、晩ごはんを作った。

今夜のメニューはおでんだ。

さっきはあんまり急すぎて、うっかり「学校でやる劇」なんていっちゃったんで、あたしは、ゆでたまごのからをむいたり、さいばしでこんにゃくに細かい穴をあけたり、からしや取り皿をセットしたりしてる間、ずっとどきどきしてた。

でも、おとうさんもおねえちゃんも、劇のことはそれ以上聞かなかったから、たすかった。

明日は土曜日。おとうさんの仕事も休みになったんだって。

おたまでスープを具材にまんべんなくかけながら、おとうさんがいった。

「明日、三人でおかあさんのお見舞いに行こう。最近、調子がいいらしい」

「ほんと？」

「やった」

あたしはなべしき、おねえちゃんは台ふきんを持って、同時に飛び上がった。

おとうさん秘伝のおでんができあがった。牛すじとかつお節とこんぶのトリプルだしがポイントだ。外が寒いせいか、家の中があったかいせいか、いつもよりおとうさんが元気なせいか、いつもよりおねえちゃんがやさしいせいか、おかあさんが調子いいって聞いたせいか、とにかく、とってもおいしい晩ごはんだった。

アケボノスギは葉がすっかりちって、枯れ木みたいになった。

本番の前の日、はじめて地下のホールに、おはなし会のスタッフ全員が集まった。大型紙しばいは、ぶたいを作ってセットするのが大変なので、前の日にならないと実際に合わせられないのだ。

あたしたちがホールに入ったら、イヌガミさんが正面の黒い幕を開いた。

「「うわあ」」

あたしとスタビンズはユニゾンでおどろいた。

大型紙しばいは、ほんとにほんとに大型だ。映画館のスクリーンくらいある。今まであたしたちは、シナリオの横にちょこちょこっと描かれた絵を見ながら練習してたんだけど、本物の絵はこぐまだって、あたしの身長より大きい。ものすごい迫力だ。これだけ大きいとめくるのも大変で、紙を押し出す人と、それを受け取る人がそれぞれ裏にいないといけない。

「本番は、君ら裏方で、表の絵を見られないから、今日はたっぷり見といてね」

いろんなところをチェックしながら、イヌガミさんがいった。イヌガミさんはこの『クリスマススペシャルおはなし会』の全体をとりしきっている。

「よっ、プロデューサー兼、ディレクター兼、大道具兼、司会者兼、紙しばい受け取り係」

とスタビンズがちゃかした。

ラスト、くるみの木に実がいっぱいなっている場面には、金や銀の丸い厚紙がいっぱいぶら下げられていて、紙をゆするときらきら動く。

「わあ、クリスマスツリーみたい」

あたしはおもしろがって、何度も紙をゆすった。

イヌガミさんは、スタビンズにリングベルを渡した。

「ラストで鳴らしてね、スタビンズ君のセンスで。物語の余韻を残す重要な役だ」

「ええ、そんな無責任な、ちゃんとディレクションしてよ」

口ではそんなふうにいったけど、スタビンズはうれしそうだった。


最初で最後の、本番そっくり練習がはじまった。シナリオを見ながら読むだけなのに、うつみさんやそのほかの大人が参加すると、まるでほんとの劇団の劇みたい。

今までだらだらやってた割には、スタビンズは上手だった。ちゃんとおじいさんぽくって、でも後ろのほうまで聞こえる声を出す。

うでを組んで、真剣に見ていたイヌガミさんも、

「うん、若い子がじいさんをやると、おうおうにしてコントっぽくなるんだけど、スタビンズ君はそうならない」

って、たぶんほめたんだと思う。

「こぐまはどう？」

って、あたしが聞いたら、うつみさんもまねして、

「おかあさんくまはどう？」

っていっしょに聞いた。

イヌガミさんは急にそっぽを向いて、

「うん、いいよ」

としか、いってくれなかった。

もうちょっと、むずかしい言葉でほめてほしかった。


とうとう、『クリスマススペシャルおはなし会』の日が来た。

ホールはいつもの明かりを消して、小さなだいだい色の電球だけぽつんぽつんとつけてあるので、客席はうす暗い。もうそれで劇場か映画館みたいな感じだ。

あたしとスタビンズはお客さんが来る前に、幕で囲ったぶたい裏に入った。そこでシナリオを読みながら、最後の練習をした。

そのうちお客さんたちが入ってきたらしい。気配と音や声ですぐにわかった。あんまり会場がざわざわいうので、幕のすき間からこっそりのぞいた。

びっくりだ。ホールのじゅうたんの上に、ちっちゃい子たちがびっしり座っている。

ひとクラス分より、たくさんの子がいるにちがいない。

　でもだいじょうぶ、大きくても小学一、二年生ぐらいまでだ。六年生や中学生はいない。

　その後ろのイス席には、子どもたちのおかあさんやおとうさんたち。信号ちゃんママはベビーカーをゆらしながら、すみれさんとハンサムさんも赤ちゃんをだっこして座ってる。にぎやかにおしゃべりしながら、会のはじまりを待っている。

「あと三分。各自持ち場について」

　イヌガミさんがひそひそ声で、ぶたい裏のみんなにいった。

　ううう、きんちょうしてきた。あたしはどきどきのむねをおさえて、となりのスタビンズを見たら、この子もいつもよりずっと白い顔であたしを見た。

「い、一応……あれやっとく?」

「う、うん」

　あたしとスタビンズは、手のひらに「人」という漢字を書いて、飲むまねをした。さっきカトンボ館長が教えてくれた昔のおまじないだけど、こんなのきくのかな?まあ、なんにもしないよりはましか。

「おふたりさん」

「その他のどうぶつ」役のおねえさんが、あたしたちを手招きした。幕のはしっこを指さす。

「ここから出し物が見られるよ。でも、客席からこっちは見えないから」

大型紙しばいは、最後の最後のプログラムだ。それまで、ずうっときんちょうして、ただ待ってるなんてとてもたえられない。

おねえさんが教えてくれた幕のはしっこに、あたしはしゃがんで、スタビンズは立ったまま、向こうをのぞく。


まずはじめに、イヌガミさんが火のないろうそくを手にして登場した。

イヌガミさんのことはみんな知ってるみたい。出てくると拍手がわいた。

いつものつまらなそうな顔でイヌガミさんは拍手を受け、ぺこりと頭を下げた。

「ようこそのお運びで。このろうそくをつけたら、おはなしのくにへ行きます」

そういって、マッチをすってろうそくに火をつけた。

同時に客席の明かりが消され、会場は小さなろうそくの光だけになった。ぷん、とろうのにおいがする。

不思議なことに、さっきまで大さわぎだった子たちがしーんと静まりかえる。てりてりとだいだい色の火があたりをゆらして、ホールはあたたかな空気につつまれた。くまさんが冬眠するほら穴の中みたい。

イヌガミさんは、幕前のイスに座った。

「最初のおはなしは……『だめといわれてひっこむな』」

なにも見ないで、おはなしをはじめた。

寒い冬の夜、おばあさんから、なんとかしてあたたかいものをもらおうとする子ねずみのおはなし。

でもおばあさんは、この毛糸はおじいさんのセーターにするの、おじいさんの古くなったセーターはわたしが着るの、わたしの古いジャケツは犬に……こんな具合でなかなか子ねずみにやらない。それでも、子ねずみはあきらめない。

「あのう、うちのおかあちゃんが聞いてこいって」

くり返す子ねずみのいいわけがかわいくってたまらない。

あたしはくすぐったくなる。となりのスタビンズも、客席の子どもたちも、同じところでうれしそうにわらった。

イヌガミさんが、こんなにおはなしが上手だったなんて、あたしははじめて知った。おばあさんはゆっくり落ち着いていてやさしそう。子ねずみのセリフは生意気できょろきょろしてて、ほんとにかわいいんだ。

けど、聞いてるうちに、あたしは不思議な気持ちになる。おはなしはかわいくておもしろいのに、聞いてるほかのみんなはとてもうれしそうなのに、なんだかあたしひとりだけ残されたようなさびしい気持ち。むねが苦しいようないたいような気持ち。まばたきするのもおしくって、あたしはずっとずっとイヌガミさんの顔を見ていた。

ねばりにねばった子ねずみは、とうとうぼろぼろの犬のしきものをもらって大よろこびで歌を歌う。歌のときのイヌガミさんはなんだかはずかしそうで、ちょっとやけくそみたいで、それがとてもおかしかった。

「はい、『だめといわれてひっこむな』というおはなしでした」

イヌガミさんはイスから立ち上がり、いつものつまらなそうな顔でおじぎをした。客席のみんなも、あたしもスタビンズもたくさん拍手した。

イヌガミさんと入れちがいに出てきたのは、うつみさんだ。絵本を持ってきて、イスに座った。

「『サンタクロースって　ほんとに　いるの？』」

って、絵本の題名を読んだら、

「いるよ！」

前の列から子どもの声が飛んで、みんなはどっとわらった。

うつみさんもにっこりわらった。その笑顔はスポットライトに照らされて、かがやくみたいにきれいだ。

ぽうっとなっちゃったのは、あたしとスタビンズだけじゃなかった。たちまち会場は静まって、うつみさんを待った。

あたりがじゅうぶん静かになると、うつみさんはゆっくり読みはじめた。

サンタクロースの質問をする子どもと、答えるおとうさんのおはなし。

うつみさんの声は歌うようにきれいで、音楽みたいに自由に行ったり来たりする。おとうさんのときは低くゆったり、子どものときはかわいい。子どもはもちろん、後ろのイス席の大人たちもうっとり聞いている。今日は土曜日だから、おとうさんたちもたくさん来てて、みんながみんな、うつみさんに見とれている。

幕の後ろで次の準備にいそがしいはずのイヌガミさんも、手を止めていた。


人形劇やパネル絵を使った出し物が続いた。

おなじみぐりとぐらの家に来たおきゃくさまのおはなしのあと、イヌガミさんが出てきて、とうとういった。

「次は、大きな大きな紙しばいです。題名は『サンタクロースとこぐま』です」

幕が開いて、紙しばいが姿をあらわすと、子どもたちから、

「「「うわあ」」」

って声が上がった。

幕のかげで、あたしとスタビンズは顔を見合わせてわらう。そうだよね、絶対「う

わあ」っていいたくなる大きさだよね。

いやいや、わらってる場合じゃない。

あたしたちは音を立てないように注意しながら、位置についた。静かにふう、とおなかから息をはく。それから、シナリオをかまえた。

主役といっても、ナレーターと「おかあさんくま」のうつみさんと、「その他のどうぶつ」役のおねえさんが上手に読んでくれるから、なんとかなる。あたしは、自分のセリフのところだけはっきり、がんばって声を出せばいい。

カトンボ館長のおまじないはよくきいて、思ったより楽に声が出た。

クリスマスで、サンタさんがどうぶつたちにプレゼントを渡す場面だ。こぐまはわくわくしながら列にならんだのに、サンタさんの帳面にこぐまの名前はなかった。しょんぼりするこぐま。でもサンタのおじいさんはやさしいから、

「帳面に名前がのってなくて悪かったのう。そうじゃ、こんなものしかないが持ってお行き」

こぐまにくるみの袋をくれる。

子どもたちはこぐまといっしょに、くすくすわらったり、はらはらしたり、がっかりしたり、ほっと息をついたりした。

あたしもスタビンズも、細かいいいまちがいは何度かしたし、ヘンなところで、大

人にわらわれたりもしたけど、だいたいはうまくいったと思う。

こぐまは無事におかあさんくまの待つ穴ぐらへ帰る。

「おかあさん、おかあさん、ぼく、森で不思議なおじいさんに会ったんだよ」

「あらまあ、どんなおじいさん?」

「白いおひげで、やさしくって、みんなにプレゼントをくれたよ。ぼくにもくれたんだけど……かたくて、ぼくは食べられないの……くすん」

あたしが夢中で声を出すうち、とうとう最後の場面になった。すずなりに実る、くるみの木だ。

イヌガミさんが細かく紙をゆらす。

「「「うわあー」」」

ここからは見えないけど、金や銀できらきらゆれるくるみの実に、みんながびっくりしてるのがわかった。

高らかに鈴の音が鳴りひびいて(スタビンズの鳴らし方はタイミングも長さもカンペキだった)、紙しばいは終わった。

大きな音が会場じゅうにひびく。

最初はなんの音だか、あたしにはわからなかった。はあはあ息をつきながら、スタビンズと顔を見合わせていたら、だんだん拍手の音だとわかってきた。たぶん、今日一番大きな拍手だ。

あたしとスタビンズはふたり同時に飛び上がって、ハイタッチした。

拍手がようやくおさまったころ、火のついたろうそくを手にして、うつみさんが幕の前に出て行った。

「はい、これで今日のおはなしは全部です。それでは、おはなしのろうそくを消して、おはなしのくにから帰りましょう。いっせーのせーで、みんなふうっと吹いてくださいね」

全員でろうそくを吹き消したとたん、ぱっと部屋の明かりがついた。なぜだかまた拍手が起こった。

これで『クリスマススペシャルおはなし会』はおしまい。

幕の後ろで、あたしとスタビンズはへとへとでしゃがみこんだ。

「はいはい、お疲れ、お疲れ。さあ、片づけだ」

イヌガミさんは、あたしとスタビンズの頭を、ぽん、ぽん、とひとつずつたたいてくれた。

みんなでいっせいに片づけたら、あんな大きくてりっぱな紙しばいのぶたいも、あっという間に何十本かの木のぼうになっちゃった。

ホールのすみで、うつみさんがイヌガミさんになにか話しかけてわらい、イヌガミさんもいっしょにわらっている。

あたしはまた、なんだかひとり残されたような、さびしい気持ちになる。

「おい、ほのか、幕をとっちゃうからさ、押さえろ」

あたしの頭の上で声がした。

ふりむくと、脚立のてっぺんからスタビンズがあたしに命令していた。天井からつり下がった幕をはずそうとしている。

「脚立を押さえてろ」

あっちのすみを気にしながら、あたしは脚立の下の段に座った。

「よそ見しないで、ちゃんと押さえてろよ。おれが落っこちて背骨でも折ったら、おまえのせいだからな」

「うるさいなー」

あたしはおしりと足に、「ふん!」と力をこめた。

あっちのすみでは、うつみさんが背のびしてイヌガミさんの耳になにかささやいて、またふたりはいっしょにわらった。

あたしとスタビンズはあと片づけを最後までてつだった。カーペットを巻けだとか、イスをたためとか、立て続けにいっぱい用をいいつけられた。

あたしとスタビンズとうつみさんの三人がかりで、大きな幕をたたんだ。

これで片づけも終わりだ。

「どう？　おもしろかった？」

うつみさんがにっこりして聞いた。

「「はい！」」

あたしたちは大きくうなずいた。ドリトル先生を読み終わったときと同じで、もったいない気持ちと、満足な気持ち、ちょっとさびしい気持ちがまじってる。

「うん。またやりたい」

スタビンズの声を聞いたら、あたしの頭の中に、あのなんとかトリオの青いチケットが浮かんだ。イヌガミさんはチケットを受け取ったのかな？　うつみさんを誘ったのかな？

ちょうどそこへイヌガミさんがやって来た。

イヌガミさんはいつものつまらなそうな顔で、うつみさんからたたんだ幕を受け取った。幕と丸めたカーペットを両方のかたにかついで、ホールを出て行った……と、思ったらすぐにもどってきた。

「ほのかさん」

イヌガミさんはくいっと首をひねって、出入り口のほうを見た。

なにも考えずに、あたしもそっちを見た。

「あ」

おとうさんと、織田先生が立っていた。

「すごく、よかった」

と、おとうさんがいった。

「本当に。かわいいこぐまでした」

と、織田先生もいった。

あたしの頭の中はしんとして、どうしたらいいのかわからない。

とりあえず、ないたらいいのかもしれない。

けど、なみだなんてひとつぶも出なかった。


だましたつもりが、だまされてた。

さすが大人だ。

図書館にあたしが来ていることを知った織田先生は、おとうさんに連絡をつけたらしい。おとうさんはずいぶん前から、あたしが学校に行ってないことを知っていた。

どうりで、劇のことをくわしく聞いてこなかったはずだ。あたしは「泳がされて」いたんだ。

　別にはらも立たなければ、ほっとすることもなかった。知らない間に、「あら、自転車のタイヤの空気が抜けてたわ」みたいな気持ちだ。


　あたしとおとうさんと織田先生は、いっしょに図書館を出た。

　近所のファミレスに入って、三人で話し合った。話し合ったたっていうか、あたしはただ聞かれて、「はい」とか「うん」とか、「ううん」とか答えただけだ。

　そのうち、あたしはあんまり返事もしなくなった。だまって、大人の話を聞いてるふりだけしていた。

　今までのこと。これからのこと。

　おとうさんと織田先生のお話は、永遠に続くみたい。

　そのうちにどこか遠くの、知らない女の子の話に思えてきた。聞いてるふりをするのも疲れてきちゃった。

　あたしは、テーブルにひじをついて窓の外をながめた。

　ねずみ色の雲がたれこめて、外はずいぶん寒そうだ。歩く人は、ぶ厚いコートやマフラーをつけている。こんなに寒いんだもん、子ねずみはどうしたって、おばあさんからしきものがもらいたかったんだよね。

あたしは、さっきの『クリスマススペシャルおはなし会』のことを考えだした。最初の子ねずみのおはなしから、大型紙しばいのおしまいまでを、順番にずっと頭の中で再生していく。

やがて、最後の鈴の音が鳴りひびいた。

とうとう終わっちゃったんだ、って、あたしは思った。

Ⅸ『エパミナンダス』

あたしが次に図書館に行ったのは、『クリスマススペシャルおはなし会』の、次の次の週だった。

二階に上がっていくと、カウンターにいたイヌガミさんがあたしを見つけて、「お」という口の形をした。

ちょっとはずかしかったけど、あたしからもごもごあいさつした。

「おはよ」

「うん、おはよう、ほのかさん」

いつものつまらなそうな顔にもどって、イヌガミさんはあいさつを返した。

なれた手つきでさかなを折っている。今では、あたしと同じくらいうまく折れるようになった。

「大変だったんだ」

あたしはカウンターにおしりでもたれて、聞かれる前にいった。今日はランドセルを持ってない。もう持ってくる必要がなかったから。

「今年はこのままでいいって。で、三学期から保健室で勉強することになったの。そういう子は、ほかにもいるんだって。そいで、卒業はさせてもらえるらしいよ」

イヌガミさんはだまってさかなを折り続ける。「大変だったね」とも「だいじょうぶなの?」ともいわない。それどころか、「うん」とか「へえ」とか「ふーん」すらいわない。

まあでも、あたしも、そういうふうにいってほしかったわけじゃない。ただ話をしたかっただけだ。こういうとき……だまって聞いててくれるのが、一番イヌガミさんぽいし、あたしも話しやすい。

「あ、」

イヌガミさんは水色の箱をのぞいた。

「なくなっちゃった」

箱をかたむけて、底を見せてくれる。あんなにたくさんあった赤い折り紙が、残り一枚になっていた。

その一枚で、あたしは最後の赤いさかなを折らせてもらった。

「もう一匹だけ、折ってくれるかな、違う色で」

イヌガミさんは引き出しから黒の折り紙を出した。二回折り目をつけて、じょうぎで四分の一の大きさに切る。その一枚をあたしにくれた。

あたしは、ゆっくりていねいに黒いさかなを折った。

「ねえ、これなんに使うの？」

できあがった黒いさかなを渡しながら、あたしははじめて聞いた。

イヌガミさんは黒ちゃんを、箱の中のたくさんの赤いさかなの上に置いた。

「うん、ヘキメンコーセーに使いたかったんだけどね」

「え？」

「児童室の壁の飾りだよ。でも、」

イヌガミさんはそこで、ちょっとわらった。

「この図書館、来年四月から人が全員変わるから、無理かもね」

「え？」

あたしはイヌガミさんを見た。いつものつまらなそうな顔だ。

「来年度から、運営が民間会社に変わるんだ。もっとサービスとかよくなるんじゃないかな」

あたしの質問の声はあわてて、からまった。

「イヌガミさんは？　うつみさんは？　カト……えっと、館長は？　ほかの人は？」

イヌガミさんはコンピュータのキーボードをぽんぽんとたたいた。

「ぼくらはいろいろだ。市役所に行く人が多い」

「イヌガミさんも図書館やめちゃうの？　それでいいの？」

イヌガミさんの黒目がかすかにゆれたように見えた。ごまかすみたいにわらう。

「は、しょうがないよ、えらい人が決めたんだもん。あ、でも」

ぱん、と両手をたたき、こすり合わせた。

「まだまだいろいろ忙しいよ。三月にまたスペシャルやるから。今度はこうさく会だ。春休みのこうさく会。みんなで協力して、何かすごいものを作ろう」

「てつだう」

あたしはすぐにいったけど、イヌガミさんはわらって首を横にふった。

「まあ、そのときに考えてくれればいいよ。これから、あなたもけっこう忙しくなるだろうしさ」

「うっす」

カバンを背中に引っかけるようにして持って、スタビンズが階段を上がって来た。最近、こっちから入ってくるようになったらしい。

「あ、」

あたしを見て、びっくりしたみたいに立ち止まる。

「……来てたんだ」

「お、おう」

なぜかはずかしくなって、あたしはもごもご返事した。

イヌガミさんがスタビンズにいう。

「おはよう、スタビンズ君。今、ほのかさんに言ったんだけど、三月に、春休みのスペシャルこうさく会やるよ」

あたしが急いで聞く。

「当然、またてつだうよね？　スタビンズ」

ところが、スタビンズははっきり答えなかった。口をとがらせたりちぢめたり、ヘンな顔をした。

「おれ……」

イヌガミさんはカウンターにひじをつき、かすかに目を細めた。

「忙しくなるかな、君も」

スタビンズは人の質問には答えないで、自分から質問をした。

「イヌガミさん、そういえばあのチケットどうした？　いよいよ今晩だけど」

「ええー！」

あたしはカウンターにしがみつく。

「今日ってクリスマスイブだっけ？　あれもらったの？　イヌガミさん」

うっかりしてた。おはなし会が終わったから、クリスマスもとうに終わった気になっていた。

「ああっと、いっけねー」

大声を出して、イヌガミさんはいきなり立ち上がった。

「今年の発注今日までだ。忘れてた、やばい、やばい」

わざとらしいひとりごとをいいながらカウンターの上に、《一かいで、かしだしして　くれよな》ときつねがウインクしている立て札をのせると、事務室に引っこんでしまった。

「武士の情けだ。追及しないでやるよ」

スタビンズはそういって、きつねみたいなウインクをした。あたしといっしょにわらったけど、すぐわらうのをやめた。

スタビンズはよくわからない表情で、あたしを見た。あたしが見返すと目をそらせて、ぼそっとつぶやいた。

「おれさ、アメリカ行く」

とつぜんすぎて、あたしは声も立てられない。

「親がさ、いろいろ走り回って勝手に決めてきた。アメリカに親せきがいるんで、そこで修行してこいってさ」

「なんの修行？」

聞いてしまってから、そうじゃない、とあたしは思った。いろいろ質問はほかにあるけど、あたしが聞きたかったのは修行内容じゃない。

でも、スタビンズはちゃんと答えようとしてくれた。

「えと、いろいろ……人生とか？」

「いつ？　いつアメリカに行くの？」

そうそれ、それを一番はじめに聞いたほうがいい。

「来年の四月」

「四月……」

すごく先のことなのか、あっという間にきちゃうのか、あたしにはよくわからなかった。

そのころには、なにもかも変わっちゃうんだ。

みんな終わっちゃう。

あたしはカウンターにもたれて、窓の外をながめた。

葉っぱのないアケボノスギの枝が、寒そうにふるえていた。

その日の夕方、あたしはケーキ屋さんへお使いに行った。

このごろあたし、目の前のことばかりに必死すぎだった。町の様子が変わってたことに、ちっとも気がつかなかった。

世間では、今がクリスマスの本番だ。

商店街や駅前は、夜でもまぶしいくらい。イルミネーションがきらきらで、そこらじゅうクリスマスソングが流れている。

わが家でも大きな丸いケーキを予約していた。今年は、おねえちゃんの大のお気に入りのお店の、あこがれのケーキだ。

といっても有名店からのお取り寄せとかじゃなくて、駅前の小さなケーキ屋さんだ。そのお店には、真っ白な生クリームといちごのケーキももちろんあるけど、おねえちゃんが食べたいのは、黄色いバタークリームのやつ。クリームで作った、ちっちゃいピンクのばらがちらしてあって、ちょっとほかにはないタイプのケーキなんだ。

受験生でありながら、主婦もやんなきゃならないおねえちゃんは大変なのだ。そのうえ、あたしみたいな妹がいるんだから。ケーキくらい好きなだけ、めしあがってくださいと願いつつ、あたしは白いつるつるした箱を大切に運んだ。

やがて、あたしは図書館の横の道にやって来た。

通用口のかげに、人がふたりいるのに気がついた。

それが、だれとだれだかわかって、

「！」

あたしはその場でぴょん、と一回飛び上がった。

「うそ、でしょ？」

ひとりでちょっとじたばたしたけど、とりあえずケーキの箱を地面にそっと置く。近くのつつじの植え込みにかくれて、通用口のほうをのぞいた。

通用口のドアの外にいるのは、うつみさんだ。これから帰るとこらしい。バッグをかたにかけ、スマートな青いコートに、ほわほわの白いマフラーをつけていた。ドアの小窓からもれる黄色い明かりに、白い息がふわふわ照らされる。

追いかけるように出てきたのは、イヌガミさんだ。寒いのに上着も着ないで、エプロン姿のまんまだ。右手には、あの青いチケットが二枚、にぎられていた。

「きゅ、急で悪いんですけど……」

寒さのせいなのか、イヌガミさんのうでと声はふるえていた。

うつみさんは不思議そうな顔で、差し出されたチケットをつまみとった。明かりにすかして、声を上げた。

「あー、オトネトリオ！　すごい、よく、とれましたね」

イヌガミさんはかたで息してる。見ているだけのあたしまで苦しくなってくる。

「あの……ジャズお好きなんですよね？」

うつみさんはにっこりわらった。

「ええ、そうなの。特にオトネ大好き。ＣＤ全部持ってます。でも、ジャズは何より、ライヴですよね」

イヌガミさんは息をはずませたまま、まっすぐうつみさんを見た。

「今夜の今夜なんですけど……うつみさん、行けますか？」

うつみさんは、びっくりしたようにチケットをむねに押しあてた。かぼちゃの馬車を目の前にした、シンデレラみたいな顔だ。

「くださるの？　わたしに？」

「もちろん」

イヌガミさんは細かく何度もうなずいた。

「うれしい！　絶対行きます！」

うつみさんはイヌガミさんの手をにぎった。

あたしは自分の手をかたくかたくにぎりしめて、もう少しで植え込みから飛び出るところだった。

イヌガミさんは目を見開き、口をぱくぱくさせた。声が裏返る。

「ホントに?」

「ええ、間違いなく」

うつみさんはイヌガミさんの手とチケットをつかんだまま、何度も大きく上下にゆすった。

「彼、すっごく喜ぶ」

あたしも、イヌガミさんも、動きを止めた。

「わたし、彼の影響でジャズが好きになったの。なんてすてきなクリスマスプレゼント。でもいいの?　こんな高価なもの」

うつみさんは、イヌガミさんの顔をすくうように見上げた。

イヌガミさんはしばらくかたまっていたけど、今、目が覚めたみたいにぱちぱちまばたきをして、手をはなした。

「ええもちろん。どうせ、もらいものなんです。第一、ぼくは、そんなにジャズ好きじゃないし……」

だんだん早口になった。

「どっちかっていうと、ぼくはブルーズですね。マディ・ウォーターズ、ロバート・ジョンソンとかの方が好きなんです。それに……ご存じのとおり、人ごみはまったく苦手なものですから。やあ、チケットが無駄にならないで、ホントに助かるなあ。よかった、喜んでもらえたみたいで」

うつみさんは何度もお礼をいった。その間、イヌガミさんが倒れちゃうんじゃないかと、あたしは気が気じゃなかった。

「夜番ごくろうさま、じゃあ、イヌガミさんもすてきなクリスマスをね」

うつみさんはわらって手をふって、スキップするような足どりで帰っていった。

イヌガミさんはイヌガミさんなりにあいそよくわらって、手をふりかえした。


イヌガミさんは手を上げたまま、静かに止まった。まるで悪い魔女の魔法にかかって、石にされてしまったみたい。うす暗い中に、じっと立っていた。

あたしも植え込みのかげで、じっとひざをかかえていた。足の裏から冷たさが上ってきて、体全体がじんじんいたい。あたしにも石の魔法がきいてきたのかも。

魔法に負けずに、あたしは空を見上げた。

「あ」

さっきまで真っ黒にしか見えなかった夜空が、白くにごっている。そこから、ひらり、ひらりと白いものが落ちてきた。

通用口の明かりに照らされ、雪のかけらはきら、と光った。

イヌガミさんも気がついて、空を見上げた。その顔はいつものように、つまらなそうだった。

「ふう」

細く白く、ため息は空へ上がっていく。

イヌガミさんはまるで、折り紙でさかなを折りすぎて疲れたときみたいだ。こきこき首をほぐし、自分のかたをもみながら、通用口のドアを開こうとした。

あたしもふうと白い息をはいた。こないだのおはなし会の終わりみたいな、不思議なさびしい気持ちだったけど、あたしも家に帰らなくちゃ。

立ち上がろうとしたら、足がじんじんしびれて感覚がない。空を見上げると、まるで雪が止まっていて、あたしが天に上っていくみたい。

「きゃっ」

あたしの悲鳴に、イヌガミさんはこっちを向いた。すぐに気がついて、心底あきれたふうにいった。

「何してんの?」

あたしはケーキ箱のまん真ん中に、選んだみたいにしりもちをついていた。

イヌガミさんは、あたしとケーキ箱をあったかい二階の事務室に入れてくれた。転んだひょうしに、あたしは手のひらをひどくすりむいちゃった。イヌガミさんはあたしの手を洗って消毒して、ばんそうこうをはってくれた。

「まるで、エパミナンダスだな」

わらって、救急箱をしまった。

『エパミナンダス』って、おはなしに出てくるまぬけな男の子の名前だ。

おかあさんのいうことはちゃんと聞くんだけど、それがひとつずつずれて、おかしなことになっちゃう。たとえば、エパミナンダスがバターをもらって帰ってきたら、家に着くころにはバターはどろどろに溶けちゃってるの。だからおかあさんが「バターをもらったらね、小川へもっていって、水ン中へつけて冷やし、水ン中へつけて冷やし、もって帰ってくるもんだ」って教えるんだけど、エパミナンダスは次に子犬をもらうの。だから子犬を小川の水ン中へ……あ、でも安心して、子犬は半分だけしか死にかけないから。

そんなことが何度もあったんで、おかあさんはとうとうあきれて、エパミナンダスにるす番してなさいっていう。そいで、パイをさましてあるから、「足の踏み場によーく気をつけておくれ」っていってから出かけるの。

ここんところ、おはなし会で聞いたときは、いやな予感しかしなくて、あたしはわらっちゃった。

そう、もちろんエパミナンダスはよーく気をつけるの。よーく気をつけて、わざわざパイの「まァまん中」を選んでふんで歩いちゃう。

今のあたしには、まったくわらいごとじゃなかった。今なら、エパミナンダスの気持ちがよーくわかる。あんなにわらって悪かったほんと。

ケーキのほうは手あてのしようがなかった。あたしのおしりにつぶされて、てってい的にぐちゃぐちゃだ。あたしの頭の中は、おねえちゃんのがっかりする顔でいっぱいになった。

「……どうしよう」

小さな子みたいに、べそをかいてしまった。

イヌガミさんは一秒くらい考えたようだったけど、立ち上がって奥の部屋に引っこんだ。

すぐに、ニットキャップをかぶって、コートを着こんでもどってきた。カウンターの職員さんに声をかける。

「すいません、オクイさん、ちょっとぼく出てくる」

「えー？　イヌガミさん、いなくちゃ困るよ」

たくさんの本をさばいていたメガネのおねえさんは、ふりむいて声を上げた。

イヌガミさんはあたしのそでを引っぱって、にっとわらった。

「まあまあ。オクイさんの実力なら大丈夫。この人送ってすぐもどります。あ、それから、事務室にケーキあるから、好きなだけ食べて」

「やったあ。なら、よろしい」

おゆるしをもらったので、イヌガミさんとあたしは手をつないで外に出た。

雪はけっこうたくさんふっている。わたをちぎったような大きなかけらが、あとからあとから、ふらふら落ちてくる。

「いいのかなあ」

歩きながら、あたしは聞いた。

イヌガミさんはニットキャップの上からコートのフードをかぶった。

「味は変わらない」

そのまま、駅前へ向かって歩いていく。

雪の中にイルミネーションがかがやいて、さっきより町ははなやかな感じだ。道行く人たちは、みんなホワイトクリスマスにうれしそう。

あたしはそっと、イヌガミさんの横顔を見上げた。フードのかげにちらちら見える目は、いつものようにつまらなそうだった。にぎった左手はあたしとおんなじ色で、あたしとおんなじにあったかかった。

駅前のケーキ屋さんの前で、イヌガミさんはあたしを見下ろした。

「ここでしょ？」

あたしがうなずくと、いっしょにお店に入った。

お客さんが五、六人もいて、せまいお店の中はいっぱいだ。

イヌガミさんは、フードをとった。

みんなはいっせいにぎくっと、目をそらせた。さわいだり、悪口をいう人はいない。

だけど、中の空気ががらりと変わってしまったのはあたしにだってわかった。

あたしのほっぺはひりひりした。まるで、朝、教室に入ると、おしゃべりしてたみんなが急にだまったときみたい。

あたしたちは、ケーキのショーケースの前に立った。

さっきまで順番待ちをしていたらしいお客さんたちはみんな、入り口のそばまで引いていた。なぜか急に、そのへんにあるクッキーとかを見たくなったらしい。

ラッキーなことに、同じばらのバタークリームケーキはまだあった。あたしが指をさすと、イヌガミさんはうなずいて、店のおねえさんに注文した。

「あ、でもお金」

あたしはあわててイヌガミさんのコートを引っぱった。

「あたし、もうお金ない」

イヌガミさんはやさしくコートを引っぱり返して、

「いいから」

と、お金を払ってくれた。

店のおねえさんは、目をそらせてお札を受け取った。

おつりはイヌガミさんの手のひらに、ちゃりんと落とされた。右手の甲は緑色だけど、手のひらはふつうの人と同じ色なのに。

あたしはなにもいえなかった。くちびるをかみしめたまま店を出た。ケーキをつぶしたときよりずっと、なきたい気持ちになった。

店を出てから、

「ありがとう」

あたしがお礼をいうと、イヌガミさんは目だけでにこりとした。あたしにケーキの箱を持たせてくれた。

「どういたしまして。さっきの差し入れのお返しだよ」

あたしは口をおさえた。

「差し入れって、あのぺったんこのケーキのこと?」

「夜番みんなで、休憩に食べるよ。ありがとう」

雪は少なくなっていたけど、イヌガミさんはまたフードをかぶった。

「もう遅い。きっと、お家の人が心配している。家まで送るよ」

あたしたちは手をつないで、暗い住宅街を歩いた。

雪は、もうすぐやんでしまうだろう。街灯の丸い光の中だけに、ちらりちらりと白いかけらが見えた。

もうすぐ家に着いてしまう。

なんだか、むねがもやもやして、苦しい。

「ねえ、イヌガミさん」

横顔を見上げて、あたしはかすれた声を出した。

「顔のこと、聞いてもいい？」

「いいよ」

フードのかげでイヌガミさんは答えた。

「病気なの？」

「うーん」

ちょっと考えているふうだった。

「病気かケガかどっちかと聞かれれば、ケガに近いのかな。アザの一種だよ。これ以上良くも悪くもならない。もちろん人にうつることもない。生まれつきだけど、ぼくのおとうさんにも、おかあさんにも、親戚の人にも、こんなアザはない」

から大丈夫」

「痛くもかゆくもない。夏にちょっとむれることはあるけど、毎日お風呂に入ってる

あたしは、ほっと白い息をついた。

「よかった……いたくなくて」

なんでもない声で、イヌガミさんは続けた。

「顔と手だけじゃない。体全体にあるんだ。だからぼくは海やプールで泳いだことがない。水着になったら、みんな驚くからね。

小学校から中学のときは大変だった。まわりの子は、うつるとかいって、ぼくのそばには近づかないんだ。だけど、悪いことばっかじゃない。友だちが少なかった分、ひとりで落ち着いてたくさん本が読めたよ。おかげで、大好きな図書館で司書の仕事ができた」

ないたりしちゃいけない、って、あたしは思った。あたしがイヌガミさんだったら、こんなところで絶対になかれたくない。

けどそう思えば思うほど、なみだはあふれて、ぽろんぽろんとあたしのほっぺを転がった。

イヌガミさんはその場にしゃがんで、あたしの手からケーキの箱をとった。

「大丈夫だよ。今では、ぼくにもいい友だちがいる。みんな、勇気があって、自分の頭で判断できるすてきな人たちだ」

それから、あたしの顔にティッシュをあててくれた。

あたしは顔をふいて、ぐずぐずの鼻をかんだ。

その間、イヌガミさんはしゃがんだひざにケーキをのせたまま、だまって待っててくれた。

「触ってみる？」

イヌガミさんはフードをはずし、ニットキャップもとった。明るい街灯の下で顔をさらした。

顔の右半分は緑色だ。おでこも、ほっぺも、耳も首も、それから右手の甲も緑色だ。緑といっても、深緑からエメラルドグリーンまで、いろいろ混じりあってる。細かくごつごつしていて、図鑑で見る恐竜の皮みたい。

あたしはばんそうこうをはった手を、そっと緑のほっぺたにあてた。思ったよりずっとやわらかい。まゆ毛もまつ毛もある。

「どう？」

「あったかい」

「そうだよ。ほのかさんと同じだろ。色と形がちょっと違って見えるだけだ」

イヌガミさんはにっこりした。

「みんなは、こういう顔に慣れてないんだ。だからじろじろ見たり、怖がったりする。それはしかたがないことだ。少しずつ慣れていけばいいだけだ。泣くことなんてないんだよ」

あたしは口をとがらせた。

「それでないたんじゃないよ」

イヌガミさんはかすかに首をかしげながらいった。

「それに……みんなだって、それぞれ、人と違うよね」

「ちがう？」

「そうさ、人が全員同じだったら変だろう？　世の中には、太った人にやせた人、背の高い人もいれば低い人もいる、肌の黒い人白い人」

あたしは、自分の髪にさわった。

「黒くてばさばさの髪の子と、くり色ふわふわの人、あとくるくるねじれてる子」

イヌガミさんは、ぽん、とあたしの頭に手を置いた。

「ほのかさんの髪型はすてきだぜ。さっぱりしてて、昔の小学生みたいだ」

それってほめてるの？　あんまりうれしくない。あたしはまた口をとがらせた。

でもイヌガミさんはかまわず、

「見かけだけじゃない。心の中もみんな違う。やさしい人もいるし、すぐひょっとこみたいな顔になって、怒りだす女の子もいる」

「なにそれ！」

イヌガミさんはわらったまま、あたしの怒りのパンチを手のひらで受けた。それから、急にマジメな顔になって、空を見上げた。

「人っていうのは怖がりな動物だ。自分と違うもの、知らないものは怖いと思う。だから人は時々、相手のことを嫌がったり、強がってみせたり、意地悪しちゃったりするのかもね」

ちょっとむずかしい。けど、わかる気もしたから、あたしはうなずいた。

「その人のことをよく知れば、ちっともこわくないのに」

「そう。知ればその分怖くなくなるから、今までより広いところへ行ける。知ることは便利な道具なんだよ」

あたしはえらいはかせみたいに、うでを組んであごをひねった。

「うーむ……暗い部屋へクレヨンをとりにいくのがこわくっても、ちいさなあかいらいおんのしっぽをにぎっていればへっちゃらだ、みたいなことかな？」

「ご名答。ラチくん」

ラチって、絵本の『ラチとらいおん』に出てくる弱虫の男の子の名前だ。部屋が暗いとこわくて、クレヨンもとりに行けない。そこへある日、ちいさなあかいらいおんがやって来て、ラチがだんだん弱虫でなくなっていくおはなしだ。

「えっへん」

あたしは指で鼻の下をこすった。

イヌガミさんはわらって、またあたしの頭に手を置いた。

「そういうのを、ちょっとカッコつけた言葉で、『真理がわれらを自由にする』っていうんだ。国立国会図書館の壁に掲げてある」

それはよくわからない。

イヌガミさんはかたをすくめた。

「つまり、図書館の本をうんと読んで、しっかり勉強してくださいよ、って意味」

「なにそれ、コマーシャル？」

ふたりいっしょにわらった。


雪はすっかりやんでいた。全然積もらなかった。

大きな雲にすき間ができて、ちらりと星が光った。

あたしは鼻をすすって、なみだの残りをふいた。

「ヘンなこと聞いてごめん。いやじゃなかった？」

イヌガミさんはケーキの箱を手に立ち上がって、ニットキャップをかぶり、その上からフードもかぶった。

「いいや、全然嫌じゃない。聞いてくれてうれしいよ」

ひとりごとみたいになって、ひとりでうなずいた。

「女の子に気にしてもらえるっていうのは、悪くない……」

また手をつないで、ふたりで歩きだした。

もううちの団地に入った。四角いたくさんの家の窓は、どれもあったかそうなだいだい色だ。寒い外にいるのは、世界であたしたちふたりだけみたい。

それが、今は全然いやじゃない。

あたしたちが今いるところは、とてもきれいだ。雪でぬれた道路や、車や、自転車置き場が、街灯や窓の明かりをはね返して、きらきら光る。

でも、もうすぐあたしの家に着いてしまう。家に着いたら、きっと今は終わって、別の場所と時間になっちゃう。

それまでに、いわなきゃいけないことがある。

じゃないと、なんにも残らない。

むねのもやもやがいやで、あたしは立ち止まった。イヌガミさんを見上げる。

「ねえ、イヌガミさん」

「うん？」

イヌガミさんも立ち止まって、あたしを見た。

あたしはティッシュを手の中でぎゅっとにぎる。耳がかっか、と熱くほてった。

「あたしが大人になったら……」

熱くなりすぎで、もうどうでもよくなった。やけくそみたいにさけんだ。

「あたしと結婚してください！　絶対幸せにします！」

イヌガミさんはフードの奥で、ぱちり、とまばたきをした。それから、落ち着きなく何度かまばたきをした。

あたしときたら、すっきりしてしまって、

「まあ、考えといてよ、今すぐじゃないんだし」

イヌガミさんの返事なんてどうでもよくなっていた。ティッシュのかたまりで鼻をふいたり、そこらの道路をざりざり、くつでかいたりした。

でも、その間イヌガミさんは、ずっと顔に手をあてて考えこんでいた。

しばらくして、口を開いた。

「……若いご婦人にモテてうれしいなあ。今夜のぼくはこれで、一勝一敗といったところだ」

フードのかげから、あたしを見下ろした。いつものつまらなそうな目じゃない。やさしい目だった。

「だけど、ほのかさん」

目は、にっこり細くなった。

「ぼくがハンサムだったら、君は同じようにプロポーズしてくれたかな？」

その言葉の意味は、その夜のあたしにはよくわからなかった。


「ほのか！」

急に、大きな声が団地じゅうにひびいて、あたしはつんのめりそうになる。

ばたばた足音をさせ、こっちにかけてくるのは、おとうさんだ。

「ほのか、こっちへ来い」

ぐん、とうでをつかまれ、引っぱられた。あたしは、おんぶのときみたいに、おとうさんの背中にくっつけられていた。そうやっておとうさんは、イヌガミさんからあたしをかくしたんだ。

「あんたどういうつもりなんだ。こんなに遅く、うちの娘を」

おとうさんの声はいつもとちがって、ぎざぎざのとげみたいだ。あたしの手のばんそうこうに気がついて、声はもっと大きくなった。

「ああっ、ケガしてるのか？　ほのか」

イヌガミさんはフードで口をおさえ、一歩あとずさりした。

「申し訳ありません、ぼくが、お嬢さんのケーキをダメにしてしまって……」

「ケーキ?」

あたしをかかえるおとうさんのうでに、ぎゅっと力がこもった。

「ちがうの！　ちがうの！」

あたしは、おとうさんのむねに回って、力のかぎりさけんだ。

「あたしがひとりで転んで、ケーキつぶしちゃって、イヌガミさんは代わりに買ってくれて、送ってくれたの」

「ええ?」

おとうさんはどの情報を信じていいのやら、わからなくなったようだ。あたしとイヌガミさんを交互に見た。

イヌガミさんは前に出て、街灯の丸い光の中に入った。おとうさんにケーキの箱を差し出す。

おとうさんはその顔に気がついて、びくりとした。

「あ、図書館の……」

かたい動作で箱を受け取る。

イヌガミさんは、ぺこりと頭を下げた。

「大変失礼いたしました」

くるりと回れ右して帰っていった。

X 『指輪物語』

三学期になった。

織田先生とおとうさんが相談して作った予定表のとおりに、あたしは学校へ行くようになった。一月中は週に二日だけで、給食を食べたらすぐに帰る。だんだん増やしていって、二月になってからは、ほとんど毎日学校へ通っている。

今までどおりってわけにはいかないけど、放課後や土日にはできるだけ、あたしは図書館に行った。『フィレンツェの少年筆耕』のジュリオみたいにおとうさんの仕事はてつだえないけど、あたしは図書館でイヌガミさんをてつだいたかった。

でも、いそがしいって感じはしない。前のつなわたりみたいなスケジュールにくらべたら、平気だ。楽ちんなくらい。

今日は土曜日で、映画会の日だ。あたしは地下のホールに折りたたみイスをたくさんならべて、座席を作る仕事をまかされた。

しかし、何曜日の何時に行っても、あいかわらずスタビンズがいるのは、ちょっとなぞ。

「で、保健室登校って楽しい？」

スタビンズがイスを台にして、やっこさんを折りながら聞いた。

「楽しいわけないじゃん」

「あ、そう」

スタビンズはへらへらわらって、ポケットからスマホを取り出す。

「おまえさあ、ケータイ持ってないの？　ＩＤとか……」

なんだよ、スマホ持ってるじまん？　あたしはうんざりしてスタビンズを見た。

「ちょっとお、サボってないでちゃんと運んでよ」

スタビンズはむっとした顔で、スマホをしまう。

「もう全部並べたじゃん」

「そこ、列がたがただよ。後ろの人が間から見えるように、こうやって半分ずつずらしてならべるんだよ」

「うっせー女」

「なにい！」

「こら、けんかすんな、おまえらはいつもいつも……」

ホールにイヌガミさんが入ってきた。映画ＤＶＤのパッケージを持っている。

イヌガミさんを見たら、あたしはなんだか耳が熱くなって、用もないのに向こうのすみっこへすたこら走って逃げた。

クリスマスイブのことは、イヌガミさんはなんにもいわない。あたしもいわない。だから、なんにもなかったと同じかもしれない。

それはたすかったような、さびしいような、ヘンな気持ちだ。

「今日はなんの映画？」

スタビンズがイヌガミさんの手もとをのぞきこむ。

「ああ、これか、いいねいいね」

あたしはちょっと深呼吸してから、ふたりのそばへ行った。ＤＶＤのパッケージを見せてもらって、題名を読んだ。

「『ロード・オブ・ザ・リング』、ひゃあ、百七十八分だって」

終わったら五時近くになっちゃうな。うーん、見たいけどどうしよう、帰りがおそくなっておとうさん心配するかな。

「長いけどおもしろいよ。見たことない？」

イヌガミさんが聞く。

「「ない」」

あたしとスタビンズは、同時に首を横にふった。

魔法使いとかオークとか出てくるファンタジーらしい。とってもおもしろそう。

スタビンズはイヌガミさんにいう。

「おれ最後まで見てくよ。こないだから『ホビットの冒険』読んでるんだ。これ、その続きの話でしょ、ビルボが年とってからの」

「あーそっか、スタビンズ君はまだ『指輪物語』読んでないんだ」

イヌガミさんは首すじをかいて、ちょっとこまった顔をする。

「じゃあ、やめといたら」

「なんで？」

「先に映画を見ると、ちょっと損なんだよね」

「どういうこと」

あたしたちは近くのイスに座った。

イヌガミさんは、ＤＶＤのパッケージを見つめる。

「これはとてもよくできた映画だ。『指輪物語』ファンの間でも評判がいい。だけどこの世界には、読んだ人の数だけ『指輪物語』が存在する。この映画は、そのたくさんのうちのひとつに過ぎないんだ。ピーター・ジャクソン監督をはじめとする、スタッフが考えた『指輪物語』だ」

スタビンズに聞く。

「『ホビットの冒険』はおもしろい？」

「うん、まだ最初のほうだけど」

スタビンズがうなずくと、イヌガミさんはうれしそうだ。

「『ホビットの冒険』の主人公、ビルボは『指輪物語』にも出てくるよ。もちろんこの映画『ロード・オブ・ザ・リング』にもね。でも、スタビンズ君が思い描くビルボと、映画のビルボはいっしょかな？」

スタビンズはたすけを求めるような顔で、あたしを見た。

あたしがイヌガミさんに聞く。

「本を読んでるときに想像するのと、映画に出てくる登場人物はちがうの？」

「たぶん違うね」

イヌガミさんは考え考えいう。

「でも、映画を先に見てから本を読むと、自分で想像する世界を作り出せない。映画を思い浮かべるだけになっちゃうんだ。本が先なら、自分が想像するおはなしの世界と、映画のスタッフの考える世界と、両方とも楽しめるんだよ」

「うーん」

スタビンズは首をかしげてうなった。

「すごくよくわかったわけじゃないけど、今日は映画やめとくわ。『指輪物語』を本で全部読んでから映画を見るよ。そしたら、二倍楽しめてお得なんでしょ？」

「よくわかってるじゃないか」

イヌガミさんはにこっとして、立ち上がった。

「さあて、ちゃんと動いてちょうだいよ」

古いデッキの前にひざをついて、ごそごそ配線を確認しはじめる。

スタビンズは落ち着きなくやっこさんをいじりながら、あたしに聞く。

「おまえ、そいで友だちはできた？」

「うん」

あたしはうなずいた。

「もひとり、保健室に来ている六年生の子がいるの。すんごいおデブでさ、階段が上れないの」

「男？」

スタビンズの質問に、なぜか後ろのイヌガミさんがふき出す。スタビンズがぶん、とふりかえってにらむと、急に熱心にＤＶＤのパッケージを読みはじめた。

「女の子だよ」

あたしは答えた。

「病気のせいなんだ。なるちゃんっていうんだ。かわいそうな子なの」

ふたりだけの保健室はしんとしている。今日の三時間目から、ようごの小平先生は二年生の校外学習についていっておるすだ。

あたしとなるちゃんは、長い机にならんで座って、算数プリントの答えをノートに書いていた。

消どく用のアルコールやせっけんみたいな、保健室どくとくのにおいにまぎれて、給食のにおいがひたひた流れてくる。

「今日は、八宝菜だね」

なるちゃんがうれしそうにノートを閉じたとたん、ぴったりのタイミングでチャイムが鳴った。

昼休みになったらしい。とたんに、学校の建物全体がざわざわしだした。走り回る足音、さけび声。まるで動物園から動物がいっせいに逃げ出したみたい。

そんな大さわぎの中でも、あたしは気がつく。

何人かの足音が、こっちに近づいてくる。

「なるちゃん」

「うん」

あたしたちは同時にうなずき、プリントやノートをかき集め、ランドセルにつっこんだ。それからランドセルをかかえて、奥のベッドへ行く。うわばきをぬいで、ベッドに上がる。なるちゃんのふわふわのうでを引っぱって、よっこらせ、と引っぱり上げた。うわばきを奥にかくし、間のカーテンをぴっちり閉めたら、
がらがら。

ちょうど戸が開いて、何人かが保健室に入ってきた気配。

「だれもいない？」

その声を聞いて、カーテンのかげであたしはきんちょうした。すぐにだれだかわかったからだ。保健室に用がある人じゃない。

「来てるらしいね、あの子」

数人の女子の、くすくすわらいがひびいた。

「いるよ。絶対」

声が近づく。

と、思う間もなく、ばさっとカーテンがめくられた。

「ほうら、いた」

かおりが家来を三人連れて、あたしの前に立っていた。

「あーら、火村さん、おひさしぶり。あーら、ジャンボ鳴島(なるしま)さんもいらっしゃったの？」

かおりはすてきなウェーブの髪をふぁさっ、とかき上げた。

「ベッドがつぶれちゃうわよ」

なるちゃんは大きな体をちぢめ、あたしの背中にくっついてふるえている。

あたしは、ひざをぎゅっとにぎった。がまんだ、ここはがまんだ。

かおりの横から、家来があたしに近づいた。

「ねえ、あんた学校サボって、なにやってたの？」

「やめなよ」

かおりがにやにやわらって、その子のうでをつかんだ。

「すてきな男性のご趣味がうつるわよ」

家来たちはいっせいに身を引いて、

「やばー」

くすくすわらいだした。

この子たちが、なにをいいたいのかがわかった。

あたしの口の中に鉄ぼうをなめたみたいな、いやな味が広がる。息をすうと、体がかすかにふるえてるのがわかる。

でも、あたしはなるちゃんとはちがう。このふるえは、こわがってるせいじゃない、あたしは怒ってるんだ。あたしの怒りはおなかの底でぎゅんぎゅん回って、熱いかたまりになった。

背中のなるちゃんのふるえはさっきより、ずっと大きい。

あたしはふうっと息をはく。

守ってあげなくちゃ。

あたしは背すじをまっすぐのばして、かおりをにらんだ。

かおりはすごい顔で、あたしをにらみ返す。

「なにその顔？　知ってんだから。きっしょー。あんたってへびおとこの愛人なんでしょ」

「「「ひえー」」」

残りの三人がおおげさに体をふるわせた。

「クリスマスイブに、ラブラブで駅のほうを歩いてたって。見てた子がいっぱいいるんだから。ステキな彼氏ができて、うらやましいわ、ホント」

かおりはわらいながら顔をゆがめた。そうすると、かおりのパパそっくりだ。

「あんたのおとうさん、これ聞いたら、きっとよろこぶわねえ。ヨメのもらい手があってよかったたって。あんたたちの赤ちゃんって、そりゃかわいいでしょうねえ」

四人は大声でわらった。

あたしは目を閉じて、心の中の、ぎゅんぎゅん熱い嵐が静まるのを待った。細く長く、ゆっくり息をはく。

それから、目を開いた。

四人は、ばかわらいの口をぱたりと閉じた。

あたしはゆっくり、ベッドを下りる。ゆっくりゆっくりうわばきをはいて、とん、とつま先で床を打った。

それだけで、四人はびくっとした。

「ななにによ」

かおりの声は、ふるえている。

あたしが一歩近づくと、二歩も三歩もあとずさりした。

「パパパ、パにいって、あんたのオヤジ、クビにしてやる」

あたしは、もうふるえていなかった。こわさも、怒りも、すっかり静まった。

さっきみたいに、かおりをにらむこともしたくない。だって、この子、あたしがこわがってないとわかったら、とたんにすごくこわがりだした。そんなみじめな相手に怒ったりできる？

『クリスマススペシャルおはなし会』のときと同じくらい、大きな声が出た。

「かおり、あんたぐらいこわがりで、なんにも知らない人、ほかにいない。あたし、心底かわいそうに思う」

かおりはびくっと飛び上がり、ぺたんとしりもちをついた。

あたしはゆっくり近づいて、かおりを見下ろす。おかあさんくまがこぐまにいうみたいに、ゆっくりていねいにいった。

「人はみんなちがうんだよ。それをどうこういうなんて、まちがってる。見た目のことだけ、わあわあさわぐなんて、さわぐ子のほうがずっとみっともない。図書館に来るちっちゃい子たちだって、そんなことしない。そんなことして、楽しい？ むなしくならない？」

かおりは何度も立とうとした。でもそのたびに足がすべって空回りした。

「かおり姫！」

「だいじょうぶ？」

家来にだき起こされてやっと立ったけど、かおりはもうなにもいわなかった。あたしのほうも見ない。

そのまま四人はだまって、保健室を出て行った。

「すごいね、ほのかちゃん。わたし、むねがすっとした」

なるちゃんにはそういわれたけど、あたしのむねはちっともすっとしなかった。なんか、おなかの底からきたない水が、じわじわにじみ出てくるような感じ。

そのあとはずっと上の空だった。たぶん給食を食べて、午後の課題をやった。学校を出て、スーパーでお買い物をしているころには、きたない水はもうむねのあたりまでたまってた。

沼から上がったナマズみたいな気分で、あたしは家に帰った。そうじをしてお米をといで洗たくものをたたんで正座して、おねえちゃんの帰りを待った。

おねえちゃんはでたらめ歌を歌いながら帰ってきた。

「ありゃ、どうしたい？　今日はおてつだいカンペキじゃん」

片づいた部屋を見わたして、のんきな受験生はごきげんだ。

あたしはわらおうとしたけど、うまくいかなかった。のどの奥のへんまできたない水でいっぱいだったから。

心の中で土下座した。

おねえちゃん、ごめん……おとうさんがクビになったら、あたしのせいです。

おねえちゃんといっしょに晩ごはんを作った。あたしはだまって、ただ手だけ動かした。あたしがしゃべらないので、おねえちゃんもあんまりしゃべらなかった。

あたしは玉ねぎと、じゃがいもと、にんじんの皮をむいた。それをおねえちゃんが切っていためる。その間にあたしはお皿とスプーンを出した。

クリームシチューができあがったのと同時に、おとうさんが帰ってきた。

ドアを開けたとたん、あたしはかたまった。

おとうさんは大きなダンボール箱をかかえていた。会社の荷物を残らず持って帰ってきたみたい。

「おーい、おねえちゃんもおいで」

くつをぬぎながら、おとうさんは大きな声で呼んだ。あたしとおねえちゃんは、がっしりかたをつかまれた。

「無理心中」という単語が、くっきり活字になって、あたしの頭の中に浮かんだ。新聞に、あたしたち三人の、ヘンな顔写真がのっているのまで浮かんだ。

「早まらないで、おとうさん」

せめて写真は選ばしてほしい。あたしがべそかいて見上げると、おとうさんの目も赤くなみだぐんでる。思いつめた声でいわれた。

「元のお家に帰るぞ」

「「え？」」

あたしとおねえちゃんは、ぽかんと口を開けた。

おとうさんも大きく口を開けて、わっはっはっとわらった。

「おとうさん、元の会社にもどれるんだ。誤解が解けたんだ。使いこみの真犯人が捕まったんだよ。おとうさん、元通り会計主任にもどれるんだ！」

まだ口開けっぱなしのあたしとおねえちゃんは、むりやりだきしめられて、ほっぺやおでこ、そこらじゅうにチューーされた。


クリームシチューをかっこんでから、大急ぎ大さわぎで、引っこしの準備がはじまった。風景がぐるぐる回るみたいで、あたしの目も頭もぐるぐるする。今の気持ちも、先のこともほとんど考えられない。

おねえちゃんにせっつかれて、目の前にある服や道具をダンボール箱につっこむ。だって、あたしの手がちょっとでも止まると、

「早く早く、二月中に荷物をまとめないと、引っこし屋さんの料金が三倍になるんだよ！」

って、おねえちゃんがさけぶんだもん。それ、ほんとなの？

とにかく、ゆっくり気持ちをかみしめることなんかできなかった。


翌朝。きのうは夜中まで、ダンボールづめをやったので、あたしとおねえちゃんは

半分ねぼけながらキッチンで朝ごはんを食べていた。

　がらっと戸を開けて、したくをしたおとうさんが出てきた。

　ぱたん、あたしのお皿に食べかけのトーストが落っこちた。おねえちゃんも動きを止めて、おとうさんを見つめる。

　あたしたちは声をそろえた。

「「カッコいい……」」

「そうお？」

　おとうさんはスケートの人みたいにくるっと一回転した。体にぴったり合ったスーツを着たおとうさんは、日に焼けたせいもあって、まるでスーツ屋さんのモデルみたいだった。きのうお風呂場で髪も真っ黒に染めたんで、かなり若く見える。

　おとうさんはネクタイのむすび目をつまんで、ちょっときんちょうしたふうに息をついた。

「いろいろありそうだから、今日は早めに出るよ。帰りは連絡する。あ、何かと不便だから、おねえちゃん、携帯電話持つか？」

「マジ⁉」

　おねえちゃんはその場で、一メートルくらい、すい直飛びをした。

「今度の休みに買いに行こう。じゃあ、行ってきます」

おとうさんはわらって、家を出て行った。

おとうさんを見送ってから、やっと、じわじわうれしい気持ちが、あたしのおなかにわいてきた。

でも、うれしい気持ち、楽しい気持ちばかりじゃない。今のうち、ダンボール箱に服をつっこむ以外のことを、あたしはやらなきゃならないんじゃないか、って思った。それをしないで、このまま引っこして転校前のみんなといっしょに中学に入学するのは、なにもかもほっぽりだして、逃げるみたいだ。

ほかの人が書いたおはなしを読むだけじゃなくて、あたしが自分で自分のおはなしをがんばって動かさないとダメなんじゃないか……そういう、ちょっとあせるような気持ちが出てきた。

登校するまでに、あたしはひとつ決心をした。

給食のあと、あたしは保健室を出て職員室へ行った。織田先生とちょっと長めに話をした。

あたしの決心を聞いて、

「とても勇気のあることですね。でも、火村さんにとってより良いことだと、先生も思います。もちろん応援するよ」

って、織田先生は賛成してくれた。

そのあと、あたしは午後の課題をやって、学校を出て、図書館へ行った。

二階のカウンター近くに、うつみさんとスタビンズがいたから、引っこしすることを話した。

「ふうん」

スタビンズはズボンのポケットからスマホを出していじった。

「じゃあ、もうここには来ないんだ?」

「ううん」

あたしは首を横にふった。

「電車で、卒業までこっちの学校に通う。そのあと図書館にも来る。卒業したら、あっちの中学に入るんだけど……」

「そっか」

スタビンズはにこっとして、スマホをポケットにしまった。代わりにカウンターに置いてあった折り紙をとって、やっこさんを折りはじめた。

「そいで、卒業まで保健室?」

「ううん」

あたしはまた首をふる。ぎゅっとぐうをにぎった。

「あたしは自由だ」

そういったら、あれ？　消えたはずの、おなかの中の嵐がぎゅんぎゅんうなりはじめた……なにかしなくちゃとあせる気持ちと、今まで意地悪された怒りが合わさって育っているのかも。自分の力で正しいことへつき進めって、神様がいってるのかも。

カウンターで、小さい子に紙しばいを貸出していたうつみさんが、ちらりとこっちを見た。

スタビンズも折り紙から顔を上げた。

「なにいってんの？」

「教室にもどる。あたしは戦うの。もう、おとうさんのクビの心配しなくていいんだもん」

「……おまえ、なんかへんなきのこでも食った？」

あきれ顔のスタビンズに、あたしはぐうをふり回して声を上げた。

「なにがおしりにくっついても、もういいの。あたし、戦う！　てってい的に戦う！」

知らなかった。こんなふうに正しいことを大声で話すと、とっても気持ちがいい。むねがすかっとする。

「だって、あいつらはまちがってるんだもん。あたしが正しいのだ。正義は勝つ！」

ぽん、と頭をこづかれた。

ふりむくと、本をかかえたイヌガミさんだ。

「としょかんの　なかでは　しずかに」

はり紙のとおりにいうと、向こうの棚へ行ってしまった。いつものつまらなそうな横顔だったけど、ちょっとだけ、怒ってるみたいにも見えた。


次の朝。団地のしき地では梅の花がさきだして、いいにおいだったたって、あとでおとうさんに聞いたけど、朝のあたしは全然気がつかなかった。

あたしは両手をぶんぶんふって、足をぐんぐん動かして、学校へ行った。

だんだん早足になって、校庭は走ってつっきった。

教室の前に立つと、さすがにどきどきする。

閉まった戸の向こうは、ざわざわがやがや、まるで動物園みたいなさわぎだ。

だいじょうぶ、このどきどきは、さっき走って校庭をつっきったせいだから。

自分のほっぺをぱんぱん、両手でたたく。

よし、気合は入った。

がらりと教室の戸を開けた。

みんながいっせいにこっちを見る。さっきまでのざわざわがやがやは消えて、あたりはしんと静まった。

あたしのほっぺがひりひりする。

あのころと同じ……いやちがう。全然ちがう。このひりひりは、さっき自分でたたいたせいだから。そういい聞かせて、あたしは自分の席にランドセルを置いた。

「そこ、おれの席なんだけど」

男子のひとりにいわれて、どきんとした。

これも、さっき走って校庭をつっきったせい、つっきったせいだから。

あたしはその子をにらんだ。

「じゃあ、あたしの席はどこ？」

「知らねえよ」

男子は一歩後ろに下がった。

背中に聞いたことのある声が飛んだ。

「あるわけないじゃん」

教室の半分くらいがどっとわらった。

「だってずっと学校をサボってたんだもん、今さら机なんてないよ」

あたしはす早くふりむいた。かおり一味を見つけて、目に力をこめてにらんだ。

一味はこそこそ、あたしから目をそらせた。

でもまだ、いやな目が、いっぱいいっぱいあたしを囲んでる。水にもぐったみたいに息がつまる。口の中に鉄の味が広がる。足ががくがくふるえてくる。立っているのがやっとだ。もう限界かも。どうしよう……。


大きくて、くっきりとした声がひびいた。

「みんな席について」

織田先生は、つっ立っているあたしを真正面から見た。

「おかえり、火村さん。またいっしょに勉強しよう」

そして、にっこりわらった。

「あれから、何度か席替えをしたんだ。えっと、火村さんの席は……」

先生は教室を見回した。

「はい、ここです」

長い髪をふたつにむすんだ女の子が手を上げた。

「火村さんの席、ここです。わたしのとなり」

ふるえる足をなんとか動かして、あたしはやっと自分の席までたどり着いた。

XI 『アイスマン』

「で、うまくいってるわけ？」

スタビンズがやっこさんを折りながら聞いた。

あたしたちはうす暗い保存書庫の中で、あいかわらずリサイクル本を作ってる。

あたしはほっぺをぽりぽりかいて、ちょっと、ななめ上を見た。

「もちろん」

「ふん」

スタビンズはそれっきり質問をやめて、できあがったやっこさんをポケットにしまった。油性ペンで、
ぴゅるぴゅる。

バーコードを消す作業を再開したので、あたしは大いにほっとした。

教室へ通い出してから、だいたい二週間くらい。今は、二月の真ん中らへん。

たしかにあたしの学校生活は、真っ暗やみじゃない。

六年二組全員が、あたしの敵なわけじゃなかった。となりの席の飯島さやかちゃんや、ほかの数人が話してくれる。いろいろ教えてもくれる。織田先生も気にして、声をかけてくれる。

ぴゅるぴゅる。

だけど、絶好調というほどでもない。

またしつこく、うわばきをかくされた。最近はまた、緑のスリッパを愛用している。ろうかで転ばされたこともあった。でも、あたしは犯人の男子をつきとめて、お返しにつきとばしてやった。かおり一味のよく聞こえる悪口だって、ちゃんとムシできる。あんまりひどいときは、じろり、とにらみつけて、だまらせる。

そのうえ、保健室に行って、なるちゃんの様子も見なければならない。あたしにやられた仕返しにいじめに行くやつがいるから、ゆだんがならない。

けっこう疲れる。

だけど、そういうのは、まだいい。自分の力でどうにかできるし、小学校はもう一ヶ月もしないで卒業だし。中学は家のそばの学校に通うから、四月からはこの子たちとは会わないですむ。

去年の秋、意地悪されてたときのあたしは、この世界は真っ暗でなにもかもがおしまいだと思ってた。

でも、今は全然そう思わない。

タイムマシンがあったら、あたしはあのころのあたしに会いに行って、「あんたのなやみなんて大したことないよ」っていってやりたい。「あんたのなやみや苦しみをつつんでいるものは、うすやきせんべいよりもうすくてこわれやすいんだよ。ちょっと押せばすぐにぱりぱり割れちゃう。そんなものをきんちょうして、こわがって守ることない。どんどんこわして、もっと広いところへ出て行きなよ」って。

でも。

あたしの今のなやみは学校のことじゃない、あたしのことでもない。

……ぴゅる。

おかあさんの具合がよくないのだ。

おとうさんは、学校から帰ったら、できるだけ病院に行きなさいっていう。おかあさんの入院してる病院は、今の家の近くだ。ここの図書館よりずっと近い。

でも、あたしは行きたくない。

おかあさんは、ビニールのカーテンで仕切られた部屋にうつされた。あたしが行ってもずっとねてる。話もできないし、手をにぎることもできない。おとうさんもおねえちゃんも、ぼんやりしたカーテンの向こうを、ただじっと見ているだけだ。

あたしは首を横にふった。


「もう、帰れ」

はっと顔を上げると、イヌガミさんがあたしを見下ろしていた。

知らない間に、あたしの顔はびしょびしょにぬれていた。そででごしごしふいて、
あたしは首を横にふった。

「ううん、もうちょっとやってく」

「だめだ」

イヌガミさんはきっぱりいった。

「くたびれるまでやる仕事じゃない。ほのかさんは帰って、家で休みなさい」

あたしはふくれて立ち上がる。ランドセルをとって、だまって保存書庫を出た。

あたしはくたびれたいのに。

イヌガミのばか。

図書館を出ると、雪がふりだしていた。クリスマスイブの雪は大きくてふわふわだったけど、今の雪は細かくてさらさらだ。

あたしはコートのボタンを上までとめて、マフラーをぴっちり顔に巻きつけた。

それから雪の中へ出て行った。

次の日になっても、雪はふり続いた。

教室の窓から、あたしはずっと外を見ていた。

どうしても病院のことを考えてしまう。あの、ぼんやりしたビニールのカーテンを思い出して、ちょっと気持ち悪くなる。

三時間目、少しおくれて織田先生が教室に入ってきた。

「給食センターに材料が届かなくて、給食が作れなくなりました。今日の授業は、午前中で終わりにします」

あたし以外の教室の全員が、わっと声を上げた。

そのあとは当然、だれも勉強する気になんてなんなかった。


みんな大よろこびでくつをはきかえて、ばらばら雪の中へ帰っていった。

あたしは校門の前で、なるちゃんを見つけた。

着られるだけ着こんでいるんだろう。なるちゃんは、いつもよりずっと大きく見えた。あの子が外で、雪の中じっと立っているのなんてはじめて見た。

心配になって、かけつけた。

「おーい」

なるちゃんはあたしを見つけて、ぱっとわらった。

「ほのかちゃん」

「こんなとこでどうしたの？　なるちゃん」

にこにこ顔でなるちゃんが口を開こうとしたとき、一台の大きな車がすぐ近くにとまった。

「あ、ママだ」

車から下りてきた女の人に、なるちゃんはたちまちだきついた。

なるちゃんって、こんなに早く動けるんだ。あたしは知らなかった。

なぜだか、トランプでズルされた気持ちになった。

なるちゃんママは、なるちゃんそっくり、大きくってふわふわでやさしそう。なるちゃんをぎゅっぎゅっとだきしめた。

「ごめんね、遅くなって。こんなに積もっちゃったからね」

ふたりはおでこをくっつけて、ふふふ、とわらいあった。

やっとおでこをはなして、なるちゃんがあたしへ手をのばした。

「あ、ママ、この子がほのかちゃんよ」

「んまー、あなたが？」

なるちゃんママは、あたしの手をにぎってぶんとふった。いきおいであたしの足はよろけた。

ママは大きな声でいった。

「いつもいつも、この子がお世話になってます。お礼をしたかったのよ。そうだ、お家まで送りましょう。さあ、乗って乗って」

大きな車の中は、ふわふわのピンクのしき物がしいてあって、とてもあったかそうだった。

でも、あたしのおなかの中はちがった。いつの間にか、氷よりずっと、がちがちにかたくこおりついていた。

「いいです」

ふみかためた雪よりずっと、重たい声が出た。

「遠慮しないで……」

「いいです！　お世話なんかしてません」

あたしはさけんで、雪の中へかけだした。

雪はまだまだふり続き、世界は真っ白だった。

だんだん体が冷えてきて、あたしはようやく手袋を教室にわすれてきたのに気がついた。

コートのポケットに手をつっこんで歩きながら、まったく、いつまでふるんだろう、と思った。昼間なのにかげがない。まわりは音もりんかくもぼんやりして、町全体に病院のカーテンがかかってるみたいだ。

あたしは足にすっかりまかせて、ふらふら町をさまよった。

なるちゃんもなるちゃんママも、きっとあたしのこと、ヘンな子だって思っただろうなあ。

思い出したって、もう取り返しはつかない。

なんでもいい。どうせあたしはヘンな子だもん。

なんでこんなにはらが立つんだろう。

あたしはよい子のはずなのに。

正義のはずなのに。

とつぜん、クリスマスイブのイヌガミさんの言葉が、頭の中でひびいた。

——ぼくがハンサムだったら、君は同じようにプロポーズしてくれたかな?

「きゃっ」

あたしはよろめいてしりもちをついた。おでこがひりひりする。

電柱にぶつかったのだ。あんまりまわりが真っ白なので、気がつかなかった。ポケットに手をつっこんでたから、手でかばえなかった。

あたしは座ったまま、雪のかたまりを思いっきり電柱へ投げつけた。

「なんで、こんなあちこち白いんだよお！　あぶないじゃないかあ！」

雪の玉は電柱に当たらないで、積もった雪にぼすっと落ちた。

ひりひりするおでこをおさえて、あたしは道の真ん中にじっとうずくまった。雪をさわった手はぐっしょりぬれて、赤くなって、じんじんいたくなってくる。

あたしは、なるちゃんをずっとかわいそうで、弱くて、守ってあげなきゃいけないって、思ってた。

だけど、なるちゃんより、ずっとずっとかわいそうなのは……あたしだ。

なにやってんだろ。

こんな自分、すごくすごく、いやだ。

手足の先の感覚はもうない。

おしっこしたくなってきた。

ねむたい。この場でごろんと、ねちゃいたい。

おしっこがしたいのに、ねむたいなんて、なんだか納得がいかな……。

ざっく、ざっく、と音がした。

あれ?

あたしはやっと顔を上げ、ぐるっとまわりを見た。

なんか見覚えのある場所だな。雪の中でもねずみ色、コンクリートのつまらない建物。知らないで前を通ったら、絶対に入ろうとは思わない。

建物の前の広場や階段に、いくつか黒いものが動いている。

目をこらすと、人だ。何人かがシャベルで雪をかいていた。

あたしは感覚のない足をずりずりずりずり引きずって、なんとか立ち上がった。

一番近くの黒いものが、こっちへやって来る。赤い色がちらちらする。

「よお」

フードをかぶっていたから、最初はよくわからなかった。

「てつだえよ、おーい」

スタビンズは、赤くて大きなシャベルをぶんぶんふり回した。

またしても、図書館、ではないか。

あたしは一度図書館に入った。ランドセルを置いてお手洗いに行って、じゅうぶんあったまってから、カトンボ館長から軍手とシャベルを貸してもらった。

正面玄関から出て行くと、

「ねえ、イヌガミさん、かまくら作ろうよ。作っていいっしょ？」

元気な中学生男子がしつこく聞いている。

イヌガミさんはあらい息をついて、シャベルの柄で体を支える。ニットキャップやコートが雪で真っ白だ。うんざりした顔で、スタビンズを見た。

「どうぞ、ご勝手に。こっちは通路を確保するだけで精一杯なの」

かまくらはたしかにみりょく的だったけど、人の道として、あたしはイヌガミさんをてつだうことにした。正面の階段を受け持った。

雪はまだまだふっている。

あたしは階段の上の段から、掘って、掘って、やっと下の段までたどり着いた。はあはあ息を切らしながら、ふりむいてぎょっとした。

さっき掘ったばっかの上の段が、もう雪で真っ白だ。

その向こうのスロープに、イヌガミさんがだらしなく座りこんでいた。

「あー、サボってる」

あたしがいっても、ちっとも動こうとしない。

「まあ、少しはサボらせてよ」

イヌガミさんはかかえたひざにあごをのっけた。左目の下にクマができている。

「朝からずーっとだぜ。もたねえ。ほのかさんも、もうテキトーでいいよ」

あたしはあきれて、手をこしにあてた。

「テキトーって、仕事でしょ？」

そのとき、

「ぎゃあ！」

アケボノスギのあたりから悲鳴が聞こえた。

あたしたちが角を曲がってかけつけると、大きな雪の山が目に入った。そこからモスグリーンの長ぐつが飛び出ている。

イヌガミさんがあたしを追いこしすっとんでいって、長ぐつと、それをはいてる雪だるまを掘り出した。

雪だるまがばさばさ体をふると、中からスタビンズが出てきた。

「うええ、死ぬかと思った」

スタビンズはこうふんしてしゃべりだす。大きな雪山を作ってふみかため、その中をくり抜こうとしたら、急に天井が落ちてきたんだって。

かまくら作りも命がけだ。

スタビンズは、真っ赤な顔をぶるぶるこすった。

「おれ、もうちょっとで『アイスマン』になるとこだった」

つまらなそうな顔で、イヌガミさんがつきあった。

「なら、五千年待ってから、掘り出せばよかった」

「そしたら未来の科学者に、おれがお昼に、からあげのり弁食ったことがバレちゃう、あっぶねえ」

あたしはつい、わらっちゃった。

『アイスマン』ってほんとにあったおはなしだけど、ミステリーみたいでおもしろい。アルプスの雪の中で男性の死体が発見される。最初は殺人事件かと思われたんだけど、それにしては、男性の着ている服がおかしい。調べていくと、その男性は、なんと五千年前のミイラだった。ミイラは「アイスマン」と名付けられ、身につけていたものやおなかの中身から、どういう人で、なにが原因で死んだのかとか、科学者にてってい的に推理されるのだ。

イヌガミさんはかまくらの残がいの中から、大きな木の枝を引っぱりだした。

「こいつが、雪の重みで折れて、落ちてきたんだな」

みんなでアケボノスギを見上げた。

「がんばることは大事だけど、がんばってふんばりすぎると、この枝みたいに折れちゃうんだよ。だから、たまにはサボってテキトーでもいいんだ」

イヌガミさんは、あたしとスタビンズを代わる代わるに見ながらいった。

「特に子どものうちは、疲れたら、あんまり深く考えないで、近くの人に甘えりゃいいんだ。それで、そのあとまた、がんばる」

スタビンズが首をかしげた。

「え？　なにそれ、木の話？　雪かきの話？」


アケボノスギの下は、危険地帯に指定された。

トラみたいな黒と黄色の、しましまロープをはりめぐらせて、立ち入り禁止のかんばんをぶら下げていると、エプロン姿のうつみさんがひじをかかえて出てきた。

「お疲れ様。ねえ、館長がほっかほかのぶたまん、どっさり買ってきたわよ。ひと休みしてください」

とたんにあたしのおなかが、ぐーっと鳴った。

スタビンズがげらげらわらい、雪の中なのに、あたしの顔はすごく熱くなった。

そういえば、お昼食べてなかった。

うつみさんはもも色の指先に、はあっと白い息をはきかけた。

「ほら、イヌガミさんも。ここは寒いし」

イヌガミさんは、逃げるみたいにくるりと背中を向けた。

「あ、あの、ぼくは、もう少しやってます」

「あ、そう。じゃお先に」

うつみさんはあっさり建物にもどりかけたけど、ふと思いついたように立ち止まった。エプロンのポケットから小さな四角いものを取り出して、つつみ紙をむく。

「イヌガミさん、あーん」

「は?」

ふりむいた半開きの口に、ぽん、とキャラメルが押しこまれた。

「じゃ、おふたりさん、行きましょ、ぶたまんがさめちゃう」

うつみさんに手を引っぱられながら、あたしとスタビンズは後ろを見た。

イヌガミさんは雪の中につっ立っていた。

その顔は全然、つまらなそうじゃなかった。


あっつあつココアとほっかほかぶたまんのおかげで、あたしたちはすっかりあったまった。

事務室でうつみさんと、三月のこうさく会の話をした。

「何するか、イヌガミさんが決めるんだけど、まだはっきり言わないの。困っちゃう。宣伝のポスターとか、『としょかんだより』とかの都合があるのに」

内容はともかく、あたしたちはこうさく会をおてつだいすることを、しっかり約束した。

「わたくしども、シンメイにかけても、おてつだいいたします」

スタビンズも調子よくひざまずいて、中世の騎士みたいなおじぎをした。

「頼りになるねえ、あなたたち」

うれしそうなうつみさんの顔を見てたら、あたしのむねは、かすかにちくんとした。だって、あたしなんかじゃ……とても相手にならないってわかったから。ココアのマグカップをにぎって、こっそり口をとがらせた。

「あら、ほのちゃん、おでこどうしたの？」

うつみさんにいわれて、あたしはおでこに手をあてた。さっき、電柱にぶつかったとこがこぶになってる。

うつみさんは救急箱を持ってきて、消毒スプレーでふいてくれた。

「だいじょぶ？」

「うん……」

あたしはうなずいたけど、押すとまだちょっといたい。

うつみさんはわらって、あたしのおでこに指をあてた。

「いたいのいたいの、飛んでけー」

……また、ちょっとぼうっとなっちゃいそう。

あたしたちがそんなことをしてたら、さっきからラジオを聞いていたカトンボ館長が、急にこっちをふりむいた。

「電車が止まるかもしれないんだって。ふたりとも、もう帰った方がいい」

あたしたちはやっと立ち上がる。手袋やマフラーをつけながら、スタビンズが思い出したようにいった。

「そういえば、イヌガミのことわすれてた。外でこおってんじゃね？」

「まさか」

外に出ると、雪はやんでいた。

スタビンズが、ひゅうと口笛を鳴らした。

雪かきはカンペキに終わっていた。玄関前の広い階段も、スロープもすっかりきれいだ。

つつじの植え込みのそばには、大きな雪だるままで作ってある。自転車置き場には、巨大な雪山ができていた。

イヌガミさんはそこに、せっせとすべり台を作っていた。さっきと全然ちがう、きりっとした顔でこっちを見た。

「やあ、もう帰るの？」

スタビンズがふき出して、こっそりあたしにいった。

「おそるべし、キャラメルパワー」

あたしも口をおさえて、うなずく。あまやかされたあと、がんばるのは子どもだけじゃないみたい。

できたての雪山すべり台に、さっそくちいちゃい子たちが集まってきた。もう大きいあたしとスタビンズも、いっしょにすべった。ちいちゃい子をだっこしてあげたり、頭からさかさにすべったりして、みんなでころころわらった。

どっかから雪の玉が飛んできて、あたしの背中にもろに当たった。

「やったな！」

今度は雪合戦がはじまった。せっかく貸してもらった新しい軍手はもうびちゃびちゃで、指先はじんじんいたいのを通りこして熱いほどだ。

でもさっきとちがって、あたしのおなかは、冷たくも苦しくもない。

雪山のてっぺんから、あたしがスタビンズとイヌガミさんを同時攻げきしていたら、図書館の前に、タクシーが一台とまった。

開いたドアから、見たことのある中学生が飛び出した。

あたしのおねえちゃんだ。

おねえちゃんは雪かきのすんだ階段を、三段抜かしでかけ上がり、図書館の中へ入ろうとする。

あたしはすべり台からすべりおりて、あわてて追いかけた。

「おねえちゃん」

玄関の前で、おねえちゃんはぴたりと止まった。

「ほのか」

ふりむいたその顔は、雪よりも白かった。

「急いで車にのれ。病院に行く」

それが、さよならもいえない、さよならになった。

XII　おかえり　図書館へ

月日はたって、あたしは高校三年生になっていた。

十八歳の女子高生って、なってみるとちょっとイメージが違った。世間の印象ではもっと、こう、カラフルで華やかできらきらぴかぴか、しているっつうか……。

でもリアルでは、

「ふう」

あたしはため息をついて、狭い空を見上げる。

校舎と体育館をつなぐ、渡り廊下から見える空はどんより曇っている。

まだ十月だけど、今年はいつもより冬の訪れが早い気がする。校庭のイチョウの大木は、能天気な真っ黄色に染まってるけど、そのうち葉っぱが全部落ちいかん、いかん。

あたしはぶるぶる首を横に振った。

「何やってんの、ほのか」

先を行く、クミコが振り向く。

「え、別になんもないよ」

あたしは笑って説明しなかった。

イチョウの葉が、重力の作用によって地球の中心へ引き寄せられる現象について、語りたくなかった。「おばあちゃんみたいな迷信」と一笑に付されようとも、その動詞を口にするだけで精神にダメージを食らってしまう。それくらい、あたしたちは追いつめられている。

なぜならあたしたちは受験生で、受験はもうすぐそこに迫ってきているからだ。

受験生の心の中は、晩秋の曇り空そのもの……それなのに。

「あーあ、かったりー」

後ろの男子が、あたしの気持ちを代弁してくれた。

「授業がないなら、自習にしてほしいっつうの」

「マジにマジに、こういうイベントは無罪放免、釈放されてからでいいわ」

その比喩は言いえて妙。あたしたち牢獄の囚人は、ぞろぞろ連なって体育館へ入っていく。

「でも、私は楽しみだな、わんこ好きだもん」

隣で、えりちゃんが声をはずませる。

「そうそう、それに」

クミコがまた振り向いて、人差し指を立てる。

「係の人に、すんごいイケメンがいるらしいよ、後輩が見たって」

「「マジ⁉」」

まわりで、女子たちがどよめく。

あたしは心の中で肩をすくめ、ため息をつく。

やれやれ、みんな余裕がおありですこと。たまに妙齢（みょうれい）（男については使わない？）の男性が学校に入ってくるたび、こういう騒ぎで盛り上がる。女子高でもないのに。

そういうのに参加しないと、きらきらぴかぴかには縁遠い、とはわかっているけど、今のあたしはやっぱついていけない。今は受験優先っていうのもあるけど、この子たちの「イケメン」基準があたしにはどうもピンとこないんだよねえ。

「あ、ほのか、また考えが顔に出てるよ、『この俗物女子どもが』って」

クミコは人差し指を、あたしの鼻先でぐるぐる回す。

「こら、人の顔を指差すな、無礼者」

あたしがその人差し指を取ってぎゅうとひねるまねをすると、クミコは大げさに身をよじってきゃあきゃあ笑った。

今の学校はみんないっしょの考えや行動じゃなくても、仲よくできるからいい。とっても楽だし、とっても楽しい。


体育館の真ん中には、大きな長方形の踏み台が置いてあった。劇や合唱なんかのとき、奥を一段高くするために使うものだ。その上や下に、工事現場とかで見る赤い三角コーンがいくつかある。虎みたいな、黒と黄色のしましまの棒が渡されているものもある。

あたしたち生徒は指示されて、それらをとり囲むようにして座った。

最初に副校長が出てきて、マイクで話した。騒いだり、パフォーマーに触ったりしないように、などの諸注意の念押しだ。

体育館の床はじんわり冷たい。こんなところに直に座りこんで、風邪でも引いたらどうするんだ、と心の中でぼやいていると、犬が入ってきた。

あたしの隣で、えりちゃんが両手を頬に当てる。

「きゃわわわ」

必死に抑えたひそひそ声で、崩れ落ちんばかりだ。

クリーム色と黒の、二頭のラブラドール・レトリバーは、定食屋のおばちゃんのかっぽう着みたいな服をつけていた。眉のあたりを寄せて、「こんなん着せられてますけど」と言わんばかりの表情だ。確かに身もだえするほどかわいい。

つながれていないのに、女性訓練士の後ろに列を作って行進し、彼女の腕のひと振りで踏み台の上に乗った。すぐに伏せの姿勢をとる。

「いやあん、おりこうさん」

クミコも涙を浮かべて二頭を見つめる。

「はい、どうもーこんにちはー」

マイクを持った男性が登場した。

「これから、盲導犬のデモンストレーションを行います。どうぞよろしくお願いいたしまーす」

クミコがあたしの脇腹を突っつく。

突っつかれなくてもわかる。確かに世間基準の「イケメン」だ。若くてすらりと背が高く、彫りの深い顔立ちだ。短い髪は薄茶色で、くるくる渦を巻いている。美術室のギリシャ彫刻像に色をつけたら……それは言い過ぎだな。

あたしは首を伸ばして、男性をようく見る。ここからだとちょっと遠い。顔の細かなところはわからない。でも、あれ、この人……前にどこかで会った？

「見て見て、あのお堅いほのかさんが、男に釘付けだよ」

クミコがうるさいので、首を引っこめて犬の方だけを見た。

最初に、街中での目の不自由な人への援助方法や、活動中の盲導犬へのマナーなどを教わった。

その次は、いよいよ犬の胴体にハーネスという装具をつける。ハーネスをつけた状態の盲導犬はお仕事モードだ。周囲は騒いだり声をかけたりしてはいけない。やさしく静かに見守るのが正しい行動だ。

段差の前で止まったり、利用者をかばって障害物をよけたりする様子は、本当にかわいくてけなげだ。実際に街中でこの子に会ったら、黙っていられるか心配になっちゃうくらい。

「グッド、グッド」

女性訓練士は絶えず犬をほめる。それに応えて、犬たちは尻尾をふるふるさせながら見上げ、実に楽しそうにうれしそうに仕事をする。

受験勉強ですさんだ心が、ほんわかとなったのは、きっとあたしだけじゃなかったはずだ。さっき、かったるがってた男子もにこにこして見てる。

マイクの男性が説明する。

「家庭の犬と違って、盲導犬は使用者とアイコンタクトがとれません。ですから、声でのコミュニケーションが重要です。こんなふうにひとつできたら、必ず『グッド』

とほめてやります。ほめられることが犬にとっては、とびっきりのご褒美なんです。盲導犬はみんな『ほめられて伸びる子』なんです。皆さんだって、きっとそうでしょ？」

館内に笑いが起こったが、あたしはちょっと首を傾げた。

この、ぺらぺらと立て板に水のマイクパフォーマンス、なんだか初めて聞いたんじゃないみたい。

あたしの引っかかりはともかく、デモンストレーションは和やかに終わった。

次は昼休みなんだけど、あたしはえりちゃんとクミコに、

「ねえ、ちょっと行ってみようよ」

「わんこ触らせてもらえるかも」

と腕を引っぱられ、連れていかれた。

体育館裏の駐車場には、すでに七、八人の生徒が来ていた。二頭のかっぽう着わんこは、もうハーネスをつけていない。笑うみたいに口角を上げて、はあはあ舌を見せる。みんなにかまわれてうれしそうだ。

「ひゃあああああん」

奇声を上げて、えりちゃんがお触りの輪に飛びこんだ。

あとに続こうとしたとき、真後ろからかすかな声がした。

「火村ほのか」

フルネームを呼ばれて、あたしは思わず振り返る。

あのマイクの男性が立っていた。近くだと、見上げるくらい背が高い。

「やっぱり、火村ほのか……さん、だよね」

男性は怖がるような、笑うような、おかしな表情になる。

「ああ！　す、す、す……」

こわばる口に言うこと聞かせようと、あたしは両手で自分の頬をぴしゃりと打ちつけた。

その人の顔を思いっきり指差す。

「スタビンズ！」


アケボノスギの葉色は現在、黄色から赤褐色(せきかっしょく)へ変化中だ。

なんだか心がいっぱいになって、あたしはしばらく見とれた。

あいかわらず、図書館はかなりぼろい。ねずみ色一色、コンクリートのつまらない建物のままだ。知らないで前を通ったら、絶対に入ろうとは思わないだろう。

静かでスムーズになった自動ドアをくぐって入った。本の検索の機械や案内板が新しくなり、カウンターの職員さんはおそろいのユニフォームになった。

なんだか、前よりか、いろんなものがきちんとしたみたい。

でも、なまぬるい空気と本のにおいは、あのときと同じだ。

あたしは深呼吸した。

日曜日だけど、朝一のせいか人は少ない。

カウンターの前を通って、二階に上がる。階段も手すりも、形も角度も同じなんだけど、全部が小さく見える。

二階のカウンターにはオリジナルの立て札が立っていた。フリー素材のイラストが、かしこまって用向きを伝えていた。

「おそれいりますが、一階カウンターをご利用ください」

館内のあちこちにあった、絵本のキャラクター付きの手作り貼り紙はなくなっていた。たぶん著作権とか、コンプライアンスとか、そういう理由だろう。

やっぱり、何もかもが小さく見える。カウンターも、本棚も、奥のテーブルも。

そのテーブル席に、大きな男の人がちょこんと座っていた。目深なニットキャップの上からさらにパーカーのフードをかぶって、熱心に文庫本を読んでいる。

一瞬、どきりとした。

けど、あたしはすぐにカン違いに気がついて肩を落とした。

カン違いも何も、待ち合わせの相手だ。

学校であのあと、連絡先の交換をしたんだ。

男性は『グイン・サーガ１４５　水晶宮の影』から顔を上げた。フードも取った。

「なんだ、スタビンズか」

ため息をつきながら、あたしはテーブルに寄った。

「いきなりなんだとはなんだ。失礼な」

スタビンズは笑って立ち上がる。自然に手を差し出してくるので、うっかり握手しちゃった。

「おいおい、なんかおまえ、ちっちゃくなってないか？　小学生のまんまか？」

「なにそれ！」

あたしはむっとして、口をとがらせた。

「それそれ」

くくく、と笑って肩をすくめた。

「それが見たくて、おれは日本に帰ったんだから」

「え？」

にぎったままなのに気がついて、あたしはあわてて手を引っこめた。

「冗談だって」

床をにらみながら、スタビンズは小声で言った。

「えと、ほのかには……」

「へ?」

ちょっとくすぐったくって、あたしは笑う。

「あたしの名前、ちゃんと呼んだの初めてだよね?」

「そんなことねえよー、昔だって何度か呼んだよ」

「そうだっけ? 覚えてない」

不満げな顔のスタビンズだったが、気を取り直すように言った。

「だからー、ほのかには借りを返さなくちゃいけないと思って」

「借り?」

あたしたちは、小さな椅子を並べて座った。

「あたし、なんかした?」

「ショッピングモールで、おれを助けてくれたろ」

「あ、あれ?」

あたしはくすくす、こぶしで口をおさえた。

「あれって、助けたことになるの? でも、おなつかしゅうございます」

ぼこん、ぼこん、ぼこん……。

あたしとスタビンズと、三人の不良の頭上に降り注いだ、巨大ピラミッド……じゃなくて、無数のトイレットペーパー。

思い出がどんどん、押し寄せてくる。

あたしとスタビンズは、おしゃべりをした。昔は話せなかったことが、今ならすんなり話せた。お互いの知らないことも話した。

あたしが教室でおしりに木工用ボンドをつけられたこと。

スタビンズがくせっ毛や名前をからかわれて、人嫌いになっちゃったこと。

かおり姫を説教でびびらせて、しりもちつかせてやったこと。

地元の中学に入ってから、かおり父子を街で見かけ、自分の謎の正義感を思い出し、恥ずかしさに悶絶(もんぜつ)したこと。

アメリカに渡って、文化や言葉や考え方の違いに、ものすごく苦労したこと。

お陰でアメリカでもしばらく図書館に通ってたこと。

盲導犬ボランティアに出会って、みんなとなじみはじめたこと。

小学校教論を目指すため、背伸びしたランクの大学を狙ってること。

ドリトル先生ばりに、人と犬の気持ちをつなげる盲導犬歩行指導員になると決めていること。

……などなど、話題はつきない。

こうやって何を話しても、笑ってお互いを受け入れられるのが、不思議でおかしくて心地よくて、あたしはずっと笑っていた。

ただ、スタビンズがひと言、

「おれ、イヌガミに会ったよ」

と言ったときは別だ。

あたしが固まったのなんてまるで気づかず、スタビンズは笑いながら続ける。

「そんときに、図書館の人たちの現況も聞いた。カトンボは定年退職して、家で書道教室開いてんだって。あのおっさん、字がうまいなんて全然知らなかった。

うつみさんは結婚して、子どもがふたりだってさ。苗字は愛川さん。つうことは、イヌガミはふられたらしいな」

あたしは心臓を手でおさえた。そうか、スタビンズはあのチケット騒動の顚末(てんまつ)を知らないんだ。

「隣町の図書館に今でもお勤めしている。で、イヌガミは……」

スタビンズはあたしの顔を、試すようにのぞいた。

「実は、あいつ市役所の、障害者福祉の部署にいるんだよ。盲導犬の使用申請とかやってんの。こないだ窓口で偶然会って、お互いびっくりしちゃったよ」

あたしは両手をもみしぼって、腰を浮かせた。

「元気だった？」

「元気だった……けど」

　思わせぶりに、こぶしを口にあてた。

「けど？」

　あたしは立ち上がって、顔を近づけた。

　スタビンズは、にっと笑った。

「ちょっと太ったかな。笑っちゃうよ。ネクタイしめて、ふっつーのサラリーマンなんだもん。そうそう、結婚して、子どもが最近生まれたんだって。赤んぼの写真見せてくれてさ。『かわいいだろ、かわいいだろ』って、うっせーったら」

　あたしはへなへなと椅子に腰を下ろし、

「はは、」

　テーブルにひじをついて、力なく笑った。

「どした？」

　スタビンズの声はずいぶん遠くに聞こえた。

　顔をおさえて、しばらくテーブルにひじをついていた。

　なんだ、このダメージ。立ち直るのに、ちょっと時間かかりそう。

　でも、
　ずいぶん昔のクイズの答えが、やっとわかった気がした。

——ぼくがハンサムだったら、君は同じようにプロポーズしてくれたかな?


六年生のクリスマスイブには、よくわからなかった答え。

あたしの、あの夜の気持ちは、そんなにダメじゃなかった。

そんなに間違ってなかった。

それがわかって、うれしい。

ダメージを受けて、うれしいっつうのも、訳わかんない話だけど。

「……初恋だったんだ」

あたしは目頭に薬指をあてた。

「あたし、六年生のクリスマスイブに、イヌガミさんにプロポーズしたの……当然相手にされなかったけど」

笑われると思ったけど、スタビンズは真顔になって、ぽつりと聞いた。

「マジでか?」

あたしはひじをついたまま、顔を上げた。なぜか、むっとした。

「すんごく本気……なに、文句ある?」

スタビンズは口をとがらせたり縮めたり、変な顔をしている。

「うん？　だっておまえ、初恋ってキャラじゃねえし」

「なにそれ！」

思わず両手をこぶしにして、テーブルをたたいた。

「じゃあさ、じゃあさ」

スタビンズはあたしの怒りをものともせず、がたがた椅子を鳴らして近づいた。

「代わりに、おれで、どう？」

自分の鼻をぎゅうぎゅう指差した。ものすごく顔が近い。

我慢できなくて、あたし笑っちゃった。笑いすぎて涙が出た。

そろそろほかのお客さんが入ってくるだろう。

「としょかんの　なかでは　しずかに」

あたしは必死に口をおさえた。


あたしがどうにか落ち着くのを待って、スタビンズは椅子から下りた。中世の騎士みたいに、あたしの前にひざまずいて差し出したのは、一枚のチラシだ。

「実は、おれ、今度この市の障害者週間のイベントで、初めて訓練士のデモンストレーションやるんだよ。今度はＭＣじゃなくて、犬を動かす方」

「すごいじゃん」

「たまたま、おれが訓練した犬が優秀でさ。ほんとはおれなんて、訓練士としてはまだまだペーペーで、単に顔がよくて、しゃべり方がうまいだけなんだけど」

　スタビンズらしい言い方。あたしはくすっと笑いながら、イベントのチラシを受け取った。

「ありがとう」

「でさー、イヌガミに、おれの初舞台へみんな連れてきてって頼んだの。こないだ連絡があって、カトンボもうつみさんも見に来るって。で、返信しちゃったんだけど、火村ほのかとも連絡ついた、って言ったら、みんな喜んじゃって……」

　心配そうな目で見てくるから、あたしはあわてて言った。

「行く行く、もちろん行く。万障繰り合わせて行く。みんなに会えるなんて、もう、どうにかなっちゃうくらい、うれしい」

「マジか、よかったあ……」

　スタビンズは笑って、暑くなったのかニットキャップを脱いだ。ぺったんこのくるくるヘアーがなつかしい。

「それはそれとして、さっさと借りを返しちまおう」

　自分に言い聞かせるように言ってから、あたしを見た。

「おまえ、急に、図書館に来なくなっちゃったよね。挨拶もなく」

「ごめん」

あたしは小さくなって両手を合わせた。

「あのときは、おかあさんが大変だったの。病院から呼び出しがあって、ホント、死んじゃうかもって」

スタビンズの眉毛が、みるみる八の字に下がったので、あわてて付け加えた。

「でもね、ぎりぎりでドナーが見つかって、四月になったら、何もかもがうまくいったの。今じゃ、おかん元気すぎ、マジ口うるさくって大変」

スタビンズは大きく息をひとつ吐いた。安心してあたしを責めるのを再開する。

「三月のこうさく会にも、手伝いに来なくってさあ。大変だったんだぜ、ちびどもが言うこと聞かなくて。まったく、薄情な女だ。こんなことなら、さっさとメアドかＩＤ聞いとくんだった」

「だって、あたし、当時携帯持ってなかったもん。あ、住所教えとけばよかったのか……でも、あたしもあのときが最後だなんて思ってなくて」

あたしはちょっと口をとんがらかせた。

スタビンズはふくれて下を向き、こぶしをぱん、と手のひらに打ちつけた。

「おれ、もう、一生会えないかと思ったんだぜ」

あたしは指を口にやった。

どうして、あたしはあれから、ここに来なかったんだろう？

本当に手段は、何もなかったのかな？

ぐんと、顔を上げた。

「ホント、ごめん。あたしさ、」

うまく説明できるか自信はない。

「あたしさ、終わるの嫌だったんだ。だから最後のページはめくらなかったの」

スタビンズはあたしを見て、鼻と口から同時に息をもらした。

「そっか」

近くで見ると、この人、うっすらひげまで生やしてる。すっとぼけた顔で言う。

「本はまだまだあるぞ。終わったなら、新しいシリーズにうつればいい」

あたしたちは顔を見合わせ、同時にふき出す。ふたりでしばらく笑いあった。

スタビンズは、やっとばか笑いの口を閉じて、

「だから、まだ見てねえと思って」

芝居がかった動作で人差し指を上に向け、ゆっくり立ち上がった。

「お嬢さん、本当のプレゼントはこの上でさあ」

見上げて、あたしは息をのんだ。

どうして今まで気がつかなかったんだろう。

天井一面に、赤い砂嵐が渦巻いている。

あたしは椅子からずり落ち、ぺったり仰向けで床に寝転んだ。スカートじゃなくてよかった。

全体を見渡すと、砂嵐は巨大な赤いさかなの形になった。

部分をよくよく見れば、赤い砂のひと粒ひと粒は折り紙で折ったさかなだ。

さらによくよく見れば、小さな赤いさかなには思い思いの文字や絵、模様が、クレヨンやペンで描かれている。

ユニフォームを着た図書館員さんが通りかかった。

「そこで、寝ないでください」

あたしが謝りながら起き上がると、にっこり天井を見上げた。

「前の職員が、子どもたちを集めてみんなで貼りつけたんですって。あんまり素晴らしいので、そのまま残してあるの。すごいでしょう?」

「「はい!」」

あたしとスタビンズは、ユニゾンで答えた。

図書館員さんは棚を探して、水色の大きな絵本を取り出した。

「ほら、これ。読んだことありますか?」

「ええ、もちろん。『ちいさな　かしこい　さかなの　はなし』」

スタビンズが答えると、図書館員さんは天井の一点を指差した。

「あそこにひとつだけ、黒いさかながいるのがわかります？　あれがこの巨大魚の目ですよ」

あたしはうなずいた。

黒いさかなを囲んで、十数人のやっこさんと、特別な三匹の赤いさかながいる。

赤い三匹はそろって、まつ毛のついた瞳をぱっちりさせて、あたしたちを見下ろしていた。

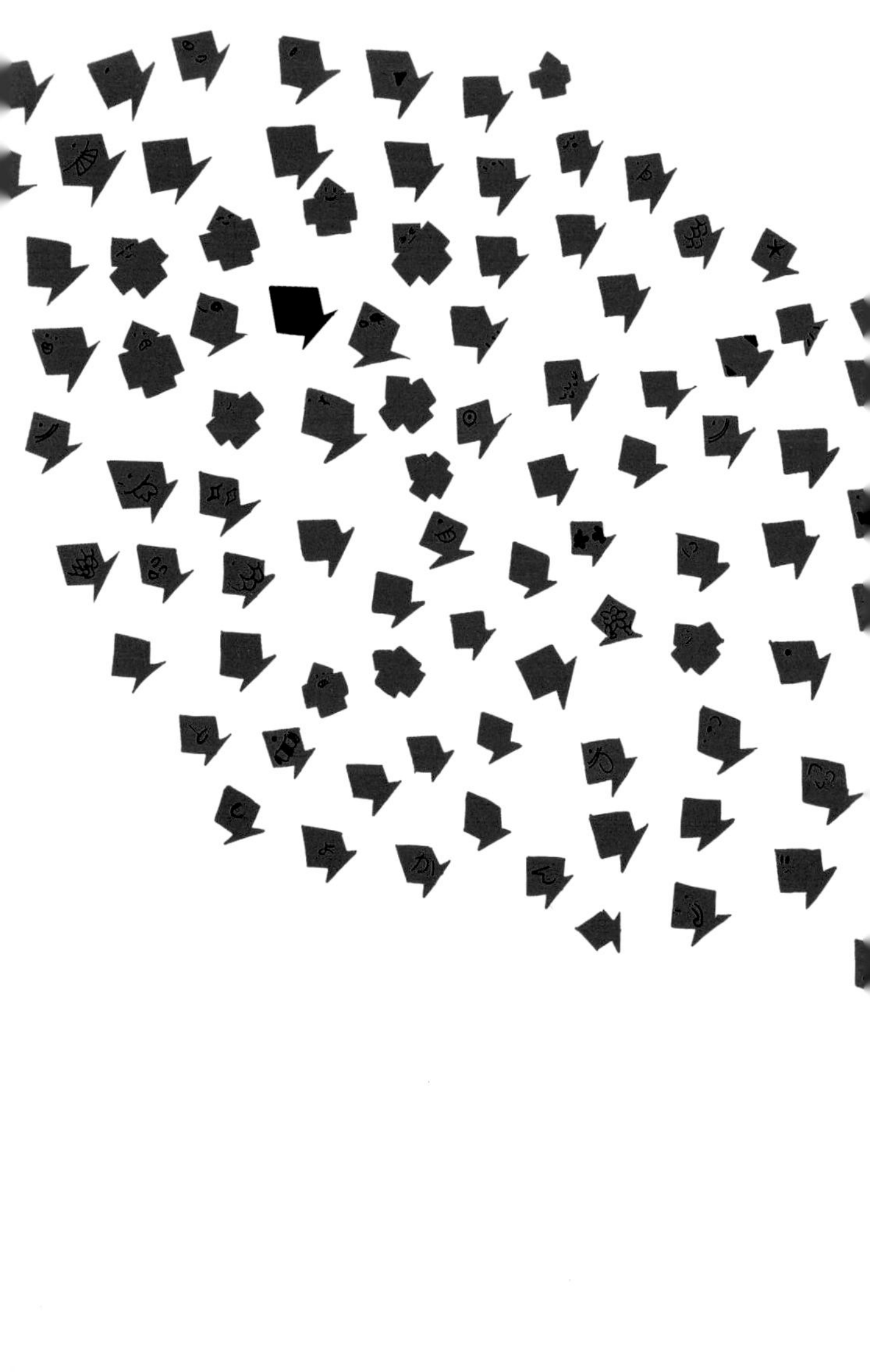

この物語に登場する作品

【本】

＊古典など版が複数出ているものは、公共図書館で手に入りやすいものを基準に選びました。

『どろんこハリー』ジーン・ジオン／ぶん、マーガレット・ブロイ・グレアム／え、わたなべしげお／やく　福音館書店
『番ねずみのヤカちゃん』リチャード・ウィルバー／さく、大社玲子／え、松岡享子／やく　福音館書店
『かいじゅうたちのいるところ』モーリス・センダック／さく、じんぐうてるお／やく　冨山房
『大どろぼうホッツェンプロッツ』プロイスラー、中村浩三／訳　偕成社
『どろぼうがっこう』かこさとし　偕成社
『おばけのバーバパパ』アネット＝チゾンとタラス＝テイラー／さく、やましたはるお／やく　偕成社
『機関車トーマス』（汽車のえほん）ウィルバート・オードリー／作、レジナルド・ダルビー／絵、桑原三郎＋清水周裕／訳　ポプラ社
『ぐりとぐら』『ぐりとぐらのおきゃくさま』なかがわりえこ　と　やまわき（おおむら）ゆりこ　福音館書店

『ねずみくんのチョッキ』なかえよしを／作、上野紀子／絵　ポプラ社
『三びきのやぎのがらがらどん―ノルウェーの昔話』マーシャ・ブラウン／え、せたていじ／やく　福音館書店
『きんぎょが　にげた』五味太郎　福音館書店
『ぐるんぱのようちえん』西内ミナミ／さく、堀内誠一／え　福音館書店
「おはなしりょうりきょうしつ」寺村輝夫／作、岡本颯子／絵　あかね書房
『こまったさんのカレーライス』『こまったさんのシチュー』『こまったさんのスパゲティ』
「Little Selections あなたのための小さな物語」シリーズ　赤木かん子／編　ポプラ社
『父』『マザー』『恐怖』『戦争』『ロマンティック・ストーリーズ』『クリスマス』『人間消失ミステリー』
『どろぼうがっこうぜんいんだつごく』かこさとし　偕成社
『どろぼうがっこうだいうんどうかい』かこさとし　偕成社
『からすのパンやさん』かこさとし　偕成社
『いない　いない　ばあ』松谷みよ子、瀬川康男／え　童心社
「ドリトル先生物語」［全13冊］ヒュー・ロフティング／作、井伏鱒二／訳　岩波少年文庫
『ドリトル先生の楽しい家』『ドリトル先生アフリカゆき』『ドリトル先生と緑

のカナリア』
『ツバメ号とアマゾン号』（ランサム・サーガ〔全24冊〕）アーサー・ランサム／作、神宮輝夫／訳　岩波少年文庫
『指輪物語』〔全10巻〕Ｊ・Ｒ・Ｒ・トールキン、瀬田貞二＋田中明子／訳　評論社文庫
『赤毛のアン』〔全12冊〕モンゴメリ、村岡花子＋村岡美枝／訳　新潮文庫
『カラマーゾフの兄弟』〔全5巻〕ドストエフスキー、亀山郁夫／訳　光文社古典新訳文庫
『チボー家の人々』〔全13巻〕ロジェ・マルタン・デュ・ガール、山内義雄／訳　白水Ｕブックス
『失われた時を求めて』〔全6巻〕プルースト、高遠弘美／訳　光文社古典新訳文庫
『三国志演義』〔全7巻〕羅貫中／原著、井波律子／訳　ちくま文庫
『大菩薩峠』〔全20巻〕中里介山　ちくま文庫
『徳川家康』〔全26巻〕山岡荘八　山岡荘八歴史文庫
『身長と体重はたし算できるかな？』（秋山仁先生のたのしい算数教室）木幡寛／著、秋山仁／監修　ポプラ社
『広辞苑』（第七版）新村出／編　岩波書店
『スイミー──ちいさな　かしこい　さかなの　はなし』レオ＝レオニ、谷川俊太

郎／訳　好学社
『メタセコイア—昭和天皇の愛した木』斎藤清明／著　中公新書
『大きな森の小さな家』（インガルス一家の物語〔全5巻〕）ローラ・インガルス・ワイルダー／作、恩地三保子／訳　福音館書店
『わが家への道—ローラの旅日記』（ローラ物語〔全5巻〕）ローラ・インガルス・ワイルダー／作、谷口由美子／訳　岩波少年文庫
『だめといわれてひっこむな』（愛蔵版　おはなしのろうそく　5）東京子ども図書館／編、大社玲子／さし絵　東京子ども図書館
『サンタクロースって　ほんとに　いるの？』てるおかいつこ／文、すぎうらはんも／絵　福音館書店
『エパミナンダス』（愛蔵版　おはなしのろうそく　1）東京子ども図書館／編、大社玲子／さし絵　東京子ども図書館
『ラチとらいおん』マレーク・ベロニカ／ぶん・え、とくながやすもと／やく　福音館書店
『ホビットの冒険』〔上・下巻〕J・R・R・トールキン／作、瀬田貞二／訳　岩波少年文庫
『アイスマン—5000年前からきた男』デイビッド・ゲッツ／著、赤澤威／訳　金の星社
『水晶宮の影』（グイン・サーガ145）五代ゆう、天狼プロダクション／監修

ハヤカワ文庫ＪＡ

【ＤＶＤ】

『ロード・オブ・ザ・リング』Ｊ・Ｒ・Ｒ・トールキン／原作、ピーター・ジャクソン／監督

【参考文献】

『見つめられる顔―ユニークフェイスの体験』石井政之＋藤井輝明＋松本学／編著　高文研

『顔面漂流記―アザをもつジャーナリスト』石井政之　かもがわ出版

『知っていますか？　ユニークフェイス一問一答』松本学＋石井政之＋藤井輝明／編著　解放出版社

『盲導犬の訓練ってどうするの？―視覚障害当事者の歩行訓練体験記』松井進　生活書院

『クイールを育てた訓練士』多和田悟＋矢貫隆　文藝春秋

『ドッグトレーナー・犬の訓練士になるには』（なるにはＢＯＯＫＳ）井上こみち／著　ぺりかん社

『図書館の自由に関する宣言』日本図書館協会

解説

令丈ヒロ子

『虹いろ図書館のへびおとこ』。この本のタイトルを初めて見たとき、「おやおや？」と思いました。「いろ」と「へびおとこ」がひらがなだったからです。

児童書では、想定する読者年齢に合わせて、漢字をひらがなにすることが多いですが、これは単に「学校で習う学年ごとの漢字」に合わせてひらがなにしているのではない。この作者のコトバに対する独特のセンスが、にじみ出ています。

タイトルからしたら、ファンタジーっぽいのですが、そうとも言いきれない気配も気になりました。

さらに何と言っても、第一回「氷室冴子青春文学賞」の大賞受賞作品です。

この賞の設立趣旨の文章が、激アツで大好きなので、一部抜粋します。

「『今』をイメージさせる主人公が登場する、若い魂を揺さぶる小説を見つけ出し、これからの物語の可能性を広げていくことを目指し、この賞を創設する。」（ご興味ある方は氷室冴子青春文学賞のホームページで全文をお読みください。）

児童書作家として、わたしも若い魂を揺さぶりたいし、どうしたらもっと揺さぶれるのか、常に考えている身としては、たまらない内容です。もうワクワクしてこの作品を読みました。

読後、興奮が止まらずすぐにＳＮＳに投稿。

「出てくる人々、そして図書館や保健室、みんな丁寧に大事に描かれていて、装丁、イラスト含め清々しく美しい本でした。」と少ない文字数になんとか感想をつめこんでいます。

で、そのとき書ききれなかった「もっとほめたかったポイント」をここに書きます。

☆子どもの一人称文体、子どもが語る形式の話は自然に描くのがとても難しい。作者の「わたし、子どもの心がわかってますよ！」感が出がち。もしくは大人に都合のいい考え方をする子ども像になりがち。そのお話の読者層、テーマによってはこれに振り切って成功している作品も多々ありますが、若い読者の共感を得るのが難しい書き方です。それがとても自然でいやみがない。

☆一瞬で主人公のすぐそばにいるような気持ちになれた。それほど主人公とその近くにいる人たちが魅力的。かおり姫やなるちゃん、スタビンズくんもいい！　みんな手をのばしたら触れられそう。

☆図書館、学校、公園、出てくる場所の描き方や人間像がとてもリアル。なのにちょっとファンタジックなのが心地よい……。

これらの「ほめたかったポイント」は今回再読しても変わらず、むしろその印象がさらに強くなりました。

あとですね、わたしが子どもの頃から好きなのが、自分の仕事や役割に真剣に取り組んでいる年長者が出てくるお話です。このお話には、そんな人が続々と出てきます。「へびおとこ」ことイヌガミさんはその代表選手という感じ。司書の仕事に誇りを持ち、先輩とよき本に敬意を持っている。児童書を子ども読者につなげ、しかもそれがとても喜んでもらえたときはもう、溶けちゃいそうなほど愉しそう。

司書仲間のうつみさん、館長さんや、図書館常連さんたち、織田先生、それにおとうさん、おねえちゃん……主人公の周りにいる年長者が自分の仕事や役割に悩みつつも、最善をつくしているのが、とても好ましく。年若い読者に、こういうのって本当によいと思います。自分がこれから生きる世界は悪くない、大人になるのも悪くない、と思えるかも。

それに結末も。とことん読者に誠実で、優しい作者だなと感じ入りました。

こんなに現実はうまくいかないよ、現実の世界は美しくないよ、と、言われるかも？　わたしも時々読者から自分の作品に対して、そう言われたりしますが、そりゃそうです。

　現実に起こることの容赦のないこと！　そのバリエーションの豊富さ、厳しさには創作はかないませんから。

　しかし大人になるのは悪くないよ、生きているとすごく美しいことに出会えるよ、なんだったら自分がその美しい瞬間の作り手や送り手になれるよ……というメッセージが、この作品から、ビンビン伝わっています。

　こういうお話と作者の存在自体が、若い読者を励まし、今生きる世界は悪くないと思ってもらえるのではないか、という希望を感じます。

　この度、この作品が文庫化され、さらに多くの、幅広い層の読者の手に渡ることを、とてもうれしく思います。

　虹いろ図書館シリーズは現在も続いています。「かつて若い読者だった」人たち、「心のどこかに若い読者がいる」人たちも、ぜひまた、虹いろ図書館を訪れてください。


（れいじょう・ひろこ　児童文学作家）

＊本作は、タイトル「へびおとこ」として小説投稿サイト・エブリスタに投稿され、二〇一八年第一回氷室冴子青春文学賞大賞を受賞。加筆・改題の上、二〇一九年河出書房新社から「5分シリーズ＋」として刊行されました。

虹いろ図書館のへびおとこ

二〇二四年 七 月一〇日 初版印刷
二〇二四年 七 月二〇日 初版発行

著　者　櫻井とりお
発行者　小野寺優
発行所　株式会社河出書房新社
〒一六二-八五四四
東京都新宿区東五軒町二-一三
電話〇三-三四〇四-八六一一（編集）
〇三-三四〇四-一二〇一（営業）
https://www.kawade.co.jp/

ロゴ・表紙デザイン　粟津潔
本文フォーマット　佐々木暁
本文組版　株式会社創都
印刷・製本　中央精版印刷株式会社

Printed in Japan ISBN978-4-309-42119-3

5分後に涙が溢れるラスト

エブリスタ〔編〕 41807-0

小説投稿サイト・エブリスタに集まった200万作強の作品の中から、選び抜かれた13の涙の物語を収録。読書にかかる時間はわずかだけれど、ラストには必ず深く、切ない感動が待っている！

5分後に慄き極まるラスト

エブリスタ〔編〕 41808-7

小説投稿サイト・エブリスタに集まった200万作強の作品の中から、選び抜かれた13の恐怖の物語を収録。読書の時間はわずかだけれど、ページを捲るごとに高まる戦慄に耐えられるか？

野ブタ。をプロデュース

白岩玄 40927-6

舞台は教室。プロデューサーは俺。イジメられっ子は、人気者になれるのか?!　テレビドラマでも話題になった、あの学校青春小説を文庫化。六十八万部の大ベストセラーの第四十一回文藝賞受賞作。

インストール

綿矢りさ 40758-6

女子高生と小学生が風俗チャットでひともうけ。押入れのコンピューターから覗いたオトナの世界とは?!　史上最年少芥川賞受賞作家のデビュー作、第三十八回文藝賞受賞作。書き下ろし短篇「You can keep it.」併録。

ノーライフキング

いとうせいこう 40918-4

小学生の間でブームとなっているゲームソフト「ライフキング」。ある日、そのソフトを巡る不思議な噂が子供たちの情報網を流れ始めた。八八年に発表され、社会現象にもなったあの名作が、新装版で今甦る！

平成マシンガンズ

三並夏 41250-4

逃げた母親、横暴な父親と愛人、そして戦場のような中学校……逃げ場のないあたしの夢には、死神が降臨する。そいつに「撃ってみろ」とマシンガンを渡されて⁉　史上最年少十五歳の文藝賞受賞作。